KB155309

풍경도둑

모악시인선 020

풍경도둑

천세진

모악

시인의 말

수백, 수천의 풍경이 나를 낳았다.
풍경이 낳았으므로,
내내 풍경에 갇혀 있었고,
풍경이 품었던 고질痼疾을 유전자로 받았다.

지혜를 엿보는 것으로는
지병持病만한 것이 없어서
지혜를 얻게 되었으나
병인病人의 지혜였다.

2020년 8월
천세진

차례

시인의 말 5

1부 풍경의 비밀

오목한 자리마다 13
신천옹 씨의 숙박계 14
저 여린 것들이 16
도토리 이명증 18
도깨비바늘 20
풍경의 정거장 22
까막눈의 문장 24
어느 어스름 26
소리의 몸 28
사슴벌레 산책길 29
멀리 가지 못했다네 30
어느 오후 32
볕 안 드는 곳 34

2부 시간의 비밀

누군가를 세는 저녁 37
골동품이 되는 시간 38
한때 저녁이 있었다 39
부식 40
하룻밤만 더 기다리지 42
늙은 버드나무가 사는 강 44
대장간의 눈동자 46
벽시계를 훔쳐본 일 48
서랍 닦는 사내 50
바람이 환부를 지날 때 52
마음이라 부른 54
낡은 것들에 대하여 56
두려움도 자라더군 57

3부 이슬의 비밀

이슬의 비밀 61
검은색은 무겁다 62
버섯 같은 사내 64
발자국에 손을 대요 65
지도 만드는 사람 66
타투 68
매듭 묶는 여자 70
어떤 점괘 72
무엇을 놓쳤을까 74
깊은 뿌리를 내리는 중 75
길을 막지 않는다면 76
조각도를 들고 77
기차는 도착했는데 78

4부 좀머 씨의 비밀

좀머 씨의 기울기 81

갈매기 조나단 82

비비안 마이어 83

아테슈카데 사원의 불씨 84

별이 빛나는 밤 85

흡혈의 밤 86

제3의 사나이 88

자가나트 90

고독계의 페렐만 씨 92

까마귀가 나는 밀밭 94

어느 밈 공화국 주민의 일기—산티아고 96

립 밴 윙클—어제의 사내 98

모모가 있는 풍경 100

해설 풍경의 발자국에 손을 대다 | 임소락 102

1부
풍경의 비밀

오목한 자리마다

모감주 노란 꽃잎들에 흥건히 배어있던 풍경들이 단내 풍기며 익어가고 있다는 소식을 듣고 만찬에 늦을까봐 서둘러 달려갔는데, 만찬장이 멀리 보이는 곳에 이르자 빗방울이 떨어지기 시작했다.

이방의 강과 호수에서 두둥실 떠오른 풍경들이 산맥 몇 개를 넘는 사이에 차가운 물방울이 되어 떨어질 줄 알았는데, 문장이 되지 못한 단어들이 여름날 우박처럼 쏟아지기 시작했다.

어찌나 세차게 내리는지, 깨진 장독 뚜껑, 썩은 나무 둥치, 길고양이 밥그릇, 녹슨 자전거 안장, 기울어진 간판 모서리…… 오목한 자리마다 금세 웅덩이가 생겼다.

웅덩이마다 문장이 하나씩 생겼다.
빗방울 떨어질 때마다 문장이 출렁거렸다.

신천옹 씨의 숙박계

떠돌이 기질이 있는 새들의 주소지는 시詩나라 하늘광역시다. 하늘과 바다 사이에 새 길을 내다가, 날개를 쉬고 싶어진 새들은 모래언덕을 가진 시나라 산티아고 섬으로 순례 휴가를 간다.

순례자들은 기러기, 제비, 후투티, 도요새 할 것 없이 반드시 숙박계를 적어야 하는데, 한 마리, 한 마리가 기품 있는 스타여서 모래언덕 펜션주인은 사인으로 발 프린트를 받는다.

몸집이 크고 발이 느린 펜션주인 신천옹 씨는 새들의 숙박계를 확인하느라 잠도 못자고, 늘 벌건 눈으로 뒤뚱거리며 모래언덕을 도는데, 언덕 끝에 닿기도 전에 새 손님이 도착했다는 아내의 외침을 듣는 일이 매일이다.

새들의 숙박계를 적는 모래언덕은 작은 반달만 하고, 스타들의 발 프린트는 오래 보관하기 어려워, 사인이 너무 많이 쌓이면 신천옹 씨는 바람에게 지워달라고 부탁하는데, 바람이 말끔하게 지워주면 다시 사인을 받으러 다닌다.

날개 없는 두 발 짐승이 떼거리로 구경을 오는데, 스타들의 발 프린트에 슬며시 손바닥을 대보고는 발자국에 자기 손이 꼭 맞는다고 비명을 지르고는 한다.

새들은 스타인데도 아주 관대해서 두 발 짐승 떼거리의 호들갑을 보고도 모른 척해준다. 펜션주인 신천옹 씨 성품도 스타들을 닮아 역시 모른 척해준다.

저 여린 것들이

자목련 꽃잎 하나 떨어지는 나른한 선을 따라가다, '퉁'하고 꽃잎이 땅에 닿으며 어느 저울로도 잴 수 없는 무게로 세계 절반쯤을 들었다 놓는 소리에 까마득 잠이 들고 말았던 거지.

누군가 내 몸을 통통통통 두들겼고, 몸에 살던 것들이 화들짝 놀라 사방으로 달아났지. 우습지 않았겠어, 몸 안의 것들이 몸 밖으로 훨훨 날아오르기라도 할 것처럼 줄달음질 놓고 있었다니까!

놀라서 허둥대는 것들을 달래려던 것만은 아니었지. 몸이 자꾸 울리면 세계의 눈들이 나를 주시할까봐 그랬던 거지. 그러다 알게 된 거지, 쇠딱따구리 한 마리가 내 몸을 쪼고 있다는 걸. 겨울이 멀리 떠났다고 알리는 건 아니었을 테고.

놀라서 도망간 것들이 어쩌나 싶었지. 도망가 보았자 길 끝은 고작 달을 가리키는 가지 끝인데—그림자를 벗어나 달아날 수 있는 것들이 세상에 얼마나 있겠어—죄다, 몸 밖으로 나가니 천 길 낭떠러지라고 부들부들 떨 겁 많은 것들인데.

저런, 저런……, 정말 몰랐다니까! 저 여린 것들이, 저 겁 많은 것들이, 자주색 얇은 옷가지 하나만 챙겨서 가지 끝에서 훌훌 날아오를 줄 누가 알았겠어. 저런, 저런……, 아직 바람 끝이 찬데, 어쩌자고 저 여린 것들이.

도토리 이명증

밤이면 떡갈나무 그림자가 세계의 전부처럼 보였던 마을에서 이주해왔다. 병이 깊었던 건 그림자 향수병 때문이 아니었다. 밤마다 떡갈나무보다 더 거대한 그림자가 드리웠으니까.

도시의 거대한 그림자는, 밤마다 수액 연못으로 사슴벌레와 장수풍뎅이들을 불러 모아 시끄럽게 잔치판을 벌였던 떡갈나무 그림자 같지 않고, 음산함이 흐르는 동굴 같다.

떡갈나무 냄새가 저녁 짓는 연기와 함께 피어올랐다 흩어지곤 했던 마을에서 이주해왔다. 이곳에도 하늘을 덮는 냄새와 연기가 피어오르지만, 저녁 짓는 풍경과는 무관하다.

외출할 때면 코를 단단히 덮는 마스크를 쓴다. 온갖 냄새를 거리에서 만났지만, 떡갈나무 냄새는 만나지 못했으므로, 코를 세계에 드러내는 것이 무의미해졌으므로.

도토리가 떨어지며 귀뚜라미들을 화들짝 놀래키는 마을에서 이주해왔다. 의사는, 도시에서 '도토리 이명증'을 앓는 것은 있을 수 없다고, 병명을 인정하기 어렵다고 말했다.

떠나온 마을의 소식이 끝내 끊겼다. 가끔 구름이 흘러왔지만, 떡갈나무 그림자도 냄새도 실려 있지 않았다. 더는 떡갈나무 그림자와 냄새에서 탄생한 사람이라고 여겨지지 않았다.

떡갈나무 그림자와 냄새를 가진 마을의 부고가 도착한 날, 밤새 어느 층에선가 깊은 울음이 흘렀다. 아파트 사람들은 누군가 그리운 이를 잃었으리라고 생각했다.

도깨비바늘

검붉은 파도를 줄줄이 밀고 오는 석양에 겁먹어 앞서서 재게 달려가는 염소들을 몰고 돌아온 가을 저녁, 염소들을 우리에 몰아넣고 거미줄에 갇힌 처마 밑 백열등 아래서 아랫도리 가득 달라붙은 도깨비바늘을 떼어내야 했다.

다음 생을 단단히 붙들려고 여름내 풀무질로 노란 봉오리를 달구고 메질과 담금질로 갈고리를 벼리며 염소몰이꾼을 기다린 걸 알았으나 잘못 매달렸다고 타이르지도 않았다.

쓸려 떨어져나간 갈고리 몇 개는 다음 봄에 기어코 싹을 틔웠으나 그들도 얼마 자라지 못하고 뽑혀나갔다.

간혹 뒤통수가 얼음몽둥이에 두들겨 맞은 듯 시렸다. 그때마다, 하느님께서 나를 떼어내려 뒤통수를 후려쳤으리란 의심이 들었다.

메질과 담금질로 숨이 꼴딱거리면서도 하느님 바짓가랑이에 죽어라 매달렸는지는 알 수 없다. 손아귀가 너무 시려 쉽게 잠들지 못한 밤들이 많았을 뿐.

어둠이 깃들기 시작한 들판을 걸을 때, 자귀나무 잎들이 손아귀를 결연히 오므리는 걸 보았다. 단단하게 벼려진 저 손아귀들을 하느님도 쉽게 풀지 못하리란 것쯤은 세상에서 가장 아둔한 염소몰이꾼이라도 단번에 알 수 있다.

풍경의 정거장

오랫동안 덜컹거리며 굴러온 생이, 풍경의 정거장이 된 걸 알았다.

연분홍 수국이 피었고, 꽃에서 샛별 목욕물을 졸인 향기가 났고, 잎들은 매끈하여 시간이 종일 미끄럼을 타던 풍경이 선명하게 떠올랐지만, 이름은 도무지 떠오르지 않아서 풍경들만 머물렀다 떠나는 정거장이 된 걸 알았다.

풍경의 시간표를 따로 걸어두지 않아도 언제 어느 때 꽃들이, 새들이, 향기들이 정차하는지를 모두 알았다.

한때는 이름의 정거장이었다. 읽어낸 이름들이 머릿속에 머무르곤 했는데, 한 번 머문 이름들은 잊지를 않아서 다들 놀라곤 했다. 정거장에 온 적도 없는 먼 이방의 이름들과 겪어보지 못한 시간과 사건들의 이름까지를 줄줄 외워 더욱 놀라곤 했다.

이름의 정거장이 된 걸 우쭐대고는 했는데, 정거장에 오지 않은 이름들은 고사하고 정거장에 머물렀다 떠난 이름들까지 하나둘 머릿속에서 사라졌다.

이름이 사라지고 풍경만 왔다 떠나는 정거장이 되었지만 하나도 심심하지 않다. 한때 이름의 정거장이었던 시절이 화려했던 게 아니란 걸 깨닫고 나니 더 심심하지가 않다.

풍경 하나가 또 들어오고 있다. 어서 나가 수신호를 해주어야 한다.

까막눈의 문장

새들의 문장을 통역해주는 학교는 세워지지 않아서, 번듯한 나무꾼이 되려는 꿈을 이루지 못했다.

바람이 들려준 이방의 이야기를 인쇄하느라 구름이 모양을 바꾼다고들 하지만, 반만 맞는 소문이다. 구름은 새들의 문장도 짬짬이 수어手語로 통역한다. 구름의 통역이 없었다면, 닐스*와 기러기들은 하와이로 날아가고 말았으리라.

학교를 다니지 못해, 고작 하는 일이라곤 나무를 바라보거나, 새들이 지저귀는 걸 지켜보는 것이다. 생이 끝나도록 그렇게 살아도 억울하지 않지만, 까막눈을 면하기는 어려울 것 같다.

이런 일도 있었다. 한때 비무장지대 초병이었던 적이 있는데, 발가락이 마비되는 혹독한 겨울이었고, 하늘의 구름이 땅으로 내려와 이불처럼 새들의 문장을 덮고는 했다. 나무들도 구름에 덮이고는 했는데, 통역 학교를 다녔더라면 차가운 구름 위에 몇 자 적었을 게 틀림없다.

---

*1909년에 여성 최초로 노벨문학상을 수상한 스웨덴 작가 셀마 라게를뢰프가 쓴 『닐스 홀거손』의 주인공.

새들의 문장을 배우지 못하고 까막눈으로 사는 게 나쁜 건 아니다. 덕분에 오래 지켜보면서도 말을 않는 법을 배웠다.

눈이 펑펑 내린다. 땅 위의 문자들이 모두 가려진다. 아이들이 달려 나가 짧게 명멸할 나라의 첫 문자를 새긴다. 저 문자는 해가 솟으면 사라지겠지만, 오래 기억에 남을 것 같다.

어느 어스름

자전거 페달 밟는 소리, 체인 돌아가는 소리를 들으며 집으로 돌아가던 어스름이었는데, 조금만 더 가면 집이었는데, 가다 말고 뚝방에 멈춰 서서 동네를 바라보았는데

굴뚝에서 저녁밥 짓는 연기들이 피어올라 굼뜨게 흩어지던 어스름이었는데, 가끔 불길이 기침을 했는지 왈칵 솟구친 연기들이 뒷산 상수리나무에 엉겨 붙고 있었는데

상수리나무를 끌어안지 못한 것들은 주저주저 산을 넘어가고 있었는데, 산 여기저기 젖무덤으로 솟아오른 이승의 구멍들을 한 번씩 쓰다듬고 갔는데

학교를 마치면 굴뚝을 빠져나간 연기로 살아갈 테고, 굴뚝 속으로 다시 돌아가기 힘들 거란 생각이 뿌옇게 몸을 휘감았나 흩어졌는네

눈에도 매운 연기가 엉겨 붙어 그랬는지, 살아오며 생겼을 구멍들을 메우려고 그랬는지, 매운 눈물 주춤주춤 흘러내렸는데

연기 솟는 곳은 모두 깊은 구멍이어서, 눈물로는 못 메울 텐데

소리의 몸

천둥소리에 몸이 바짝 오그라들었을 때, 소리도 몸이란 걸 알았다.

소리가 주인 없는 허공을 유유자적 건너오는 줄 알았는데, 여윈 소리가 몸에 닿았던 것은 몸의 일부를 바람에게 내주었기 때문이다. 허공이라 생각한 곳에 몸의 일부를 통행세로 받는 몸들이 살고 있기 때문이다.

통행세를 받기만 하는 건 아니어서 그때마다 영수증을 끊어주는데, 소리에서 다른 몸이 묻어나는 건 통행세를 받는 몸들도 제 몸을 떼어 영수증으로 주기 때문이다.

소리가 물속에서 4배나 빨리 달리는 건 영수증을 모두 물로 끊어주기 때문이다. 모두가 똑같이 몸을 내어 새우도, 조개도, 해마도 함께 쓰는 물의 화폐를 만들었기 때문이다.

그런 생각을 하고 있는데, 동백꽃 떨어지는 소리가 건너왔다. '쿵' 소리가 깊은 밤을 흔들었는데, 동백꽃은 몸이 풍성해서 통행세를 내고도 무게가 만만치 않은 때문이다.

사슴벌레 산책길

나무의 몸에 웅숭깊은 길이 나 있었는데, 빗방울 오솔길이거나, 사슴벌레 산책길인 줄 알았다.

어느 날 산까치 두 마리가 길 옆 나뭇가지에 앉아 뭐라 뭐라 이야기하는 걸 보았고, 다른 날엔 박새 두 마리가 재재거리는 걸 보았다. 또 다른 날엔 길 근처를 딱따구리가 부지런히 쪼는 걸 보았다.

딱따구리가 쪼아놓은 곳에 옹달샘 하나 생겼는데, 산까치와 박새가 흘려놓은 문장이 찰랑찰랑 고여 있었다. 그제야 나무의 몸에 난 길이 새들의 문장이 새겨진 서판書板임을 알았다. 새들이 공중에 풀어놓은 문장이 하늘로만 간 게 아니라 길을 따라 흐르다 딱따구리 옹달샘에 고인 걸 알았다.

옹달샘에서 흘러나와 손금 같은 샛길로 스며드는 문자들은 인간들은 상상도 못한 놀라운 상형문자여서 빗방울이나 사슴벌레가 아니면 해독할 수 없다.

딱따구리는 얼마나 능숙한 인쇄공인지, 나무들은 가지마다 새들의 문장이 흘러나오는 옹달샘을 갖고도 폐허가 되는 법이 없다.

멀리 가지 못했다네

아는지 모르겠지만, 바다는 파랗다네. 바위에 부딪힌 하얀 포말이, 바위 부수는 소리가 두려워 침묵했지만, 바다는 파랑이라네.

하늘도 파랗다네. 하늘이 넓다고 하는데, 아무리 넓어도 눈에 담을 수 있는 건 한 폭이라네. 그 이상의 파랑은 담을 수 없다네.

아는지 모르겠지만, 하늘에도 파도가 있어, 멀리 있는 세상의 사소한 것들이 실려 오곤 한다네. 구름포말이 한바탕 뒤집어져서, '꽈르릉' 구름바위 부서지는 소리가 뒤따를 것 같았는데, 하늘 파도는 침묵의 풍경을 만드는 고수라네.

파도에게서 침묵을 배운 덕분에 사소한 것들을 모아 지팡이와 나막신을 만들었는데, 모두 파랑이어서 하늘과 바다와 구별할 수 없다고 했지만, 파는 일에 아둔한 목수에게는 구별이 쉬웠다네.

사소한 것들이 어디서 오는지 보고 싶어서, 파랑색 외투를 만들어 입고 길 떠날 준비를 했다네.

아는지 모르겠지만, 그리 멀리 가지 못했다네. 하늘 파도에 실려 온 사소한 것들이 산을 이루고 강을 이루어 얼마 못 가 발병이 났다네.

어느 오후

바람이 빨랫줄에 널린 빨래들을 들추자, 마른 시간이 한 움큼 부스스 흩어져 풀밭으로 달아나던 오후였다

햇살 아래서 연자방아에 매인 황소가 보리 낟알의 시간을 끌고 또 끌다가 제대로 뿔이 났고, 그림자에 황갈색이라도 입히려는 듯 말뚝처럼 버티고 있던 오후였다

석양이 달려와 달래지 않았다면 연자방아가 '쩍' 소리를 내며 뿔난 황소 앞에 무릎을 꿇었을지 모르는 오후였다

잠자리들이 바람을 한 잔 두 잔 마시다 낮술에 취해 옥수수 끝을 겨우 붙잡고 휘청대던 오후였다

대낮부터 술이냐고 말매미가 시끄럽게 잔소리를 해댔고, 잠자리들이 술기운에 온몸이 고추처럼 빨갛게 달아오른 중에도 잔소리를 피해 멀리 달아나버릴까 말까 고개를 갸우뚱거리던 오후였다

아뿔싸! 그때 양털구름 떼가 이빨 긴 늑대구름에게 쫓겨 삽시간에 하늘이 난장판이 되었고, 양털구름 떼가 사색이 되어 식은땀을 줄줄 쏟아내던 오후였다

오지 않는 편지를 기다리던 어느 마음이 가물었던 마른 논바닥처럼 실금이 가고 있던 중이어서 빨래는 걷을 생각도 못 한 오후였다

빨래가 양털구름 식은땀으로 흠뻑 젖어버렸다고 타박을 듣다가, 아직까지 옥수수 끝에서 술기운을 달래던 잠자리만 연신 훔쳐보다가, "오늘 우체부 아저씨는 안 오나?" 하고 딴청 부리며 슬그머니 달아나던 오후였다

볕 안 드는 곳

그대, 물끄러미 바라보고 있었다, 내 가슴 볕 안 드는 곳을

어둠뿐이라고 생각했겠지만, 밤이면 고드름이 자라는 아주 차가운 곳이라고 생각했겠지만, 오랫동안 몰래 키운 것들이 있었고, 이름을 붙여주진 못했지만 철마다 다른 색의 꽃들이 피었다

어둠 속에서 자라는 것이 있다는 걸, 계절이 바뀔 때마다 꽃 피운다는 걸 그대가 믿지 않을까봐 말하지 않았다

간밤, 그대 가슴에서 자라난 고드름 몇 개를 따서 돌아와 밤새 품에 안아 녹였다

고드름 녹은 물이 볕 안 드는 곳을 적시자, 이름 붙이지 못한 것들이 조금 더 자라는 소리가 들렸다

2부
시간의 비밀

누군가를 세는 저녁

올봄, 이랑을 여러 골 만들어 반으로 자른 감자 200개를 심었다. 가을이 오기 전에 천 개쯤 거두게 되리라.

떠난 것들이 모두 그렇게 돌아오는 건 아니어서, 감자 잎 무성한 밭둑에 서서 떠난 이들의 수를 세다가 그만둔다.

고랑 속으로 세어지지 않는 어둠이 스며들었기 때문은 아니다.

누군가 이 저녁, 나를 세기도 하리라. 노을의 꼬리가 잠깐 환해졌다 왈칵 어두워지는 건, 떠난 내가 그이의 밭에 남겨 둔 게 이제 하나도 남지 않은 때문이다.

이랑 속에서 감자알이 굵어질수록, 환해지는 것보다 어둠으로 깊어지는 일에 다정해질 것 같다.

골동품이 되는 시간

곰의 잠을 얻은 것처럼, 계절에 한 번 울리는 시계라도 된 것처럼 침묵해버리는 그의 작은 골방에는 발치에 구멍이 세 개 뚫린 오래된 토기가 하나 있었는데, 그 토기를 보며 시간의 문신 새기는 법을 배우는 것이 분명했다. 몸에서 골동품 냄새가 나기 시작했고, 밥을 지으려 불을 지피면, 오래전 멸종해버린 색깔의 시간이 냄비에서 끓기 시작했다.

낡은 탁자에 백 년 전 멸종된 시간을 여럿 펼쳐놓고는 했는데, 그런 날이면 거짓말처럼 비가 쏟아졌고, 다른 할 일이 없는 것처럼 종일 골동품에 갇힌 시간을 닦고 또 닦았다.

보름달 환했던 어느 밤, 기억을 멈추게 하려는 듯 골동품이 되어가던 그의 골방에서 수런거리는 소리가 들렸다. 낮에 사들였던, 누구도 기억하지 않는 시간의 관을 열고 백 년 동안 고독하게 미라로 누워있던 시간을 정성스럽게 닦으며 그가 말하고 있었다. "죽었다고 믿는 것들이야말로 살아있는 것들이야."

오늘 밤도 보름달이 떴다. 시간의 근육이 우두둑 살아나는 소리가 들리고, 쿰쿰한 냄새가 흘러나오는 걸 보니, 그의 시간이 골방에서 따끈한 골동품으로 익고 있는 중이다.

한때 저녁이 있었다

한때 저녁이 있었다. 시침이 덜컥, 덜컥 움직여 기울어간 어느 시간이 아니고, 석양이 산꼭대기에서부터 산자락을 향해 내쳐 달려들 때 두려움으로 염소들의 동공이 더 커지기 전에 잰걸음으로 집으로 돌아가야 했던 그런 저녁이었다.

밤나무에 올라 나무를 흔들어 밤을 터는데, 동생들이 떨어지는 밤송이를 피하며, 조금 있으면 어둠이 곳곳에서 버섯처럼 돋아나 떨어진 밤송이를 주울 수도 없다고 소리치던 그런 저녁이었고, 들마루에 앉아 저녁을 먹으려던, 생쑥을 잘라 모깃불을 피워 올리던, 그런 저녁이었다.

한때 저녁이 있었으나, 그 저녁이 오래 가리라고 믿었으나 이제 저녁은 가고 없고, 모깃불 연기도 밤송이의 낙하도 멈추었다.

한때의 저녁이 지금 스며들고 있다. 석양이 와서 말하길, 수십 개의 산을 넘으며 수십 개의 사연을 들었는데 이제 눈이 아프고, 귀가 아프다고.

나도 석양에게 답했다, 몸속에 수십 개의 저녁이 있었는데, 그중 몇이 그대에게로 날아가 이야기를 털어놓았을 거라고.

부식

그이가 머물렀던 아주 작은 체적體積의 집이 첩첩의 시간을 버텨왔으므로 녹슬고 부식되었으리라 생각했다.

집을 받쳤던 기둥들이 부식되기 전에 집안에 갇혔던 작은 것들부터 허물어졌으리라 생각했다. 빈틈으로 새어들었을 봄꽃 숨 몇 가닥, 여름 숲 열기 몇 가닥, 가을 도토리 낙하소리 몇 가닥, 겨울 눈발 한기 몇 가닥이 부식을 부추겼으리라 생각했다.

단단하게 짠 문을 달고, 공간들이 새 주인을 보고 짖지 않도록 발 냄새를, 엉덩이 냄새를 맡게 하고, 짝을 불러들여 냄새를 맡게 하고, 아이들을 태어나게 하고, 아이들 냄새를 맡게 했으나, 모든 냄새들이 낡은 달력 속으로 들어갔다.

냄새와 풍경이 사라진 지 오래였으므로, 바람이 거미 일가를 이끌고 나타나 기억을 품은 곳마다 빨간 압류 그물을 설치하고, 그물에 먼지를 두텁게 뿌려 부식을 드러냈으리라 생각했다.

그런데 그이가 머물렀던 공간은 이제 막 부식을 시작했을 뿐이었다. 바로 어제 시작된 것처럼. 몇 번의 일식과 월식이 지나간 동안의 부식을 기억이 막아서고 견뎌냈던 것이다.

무언가를 막아서면 대신하는 이에게 찾아드는 법. 문을 열었을 때 빠져나간, 오래 참은 숨 같은 먼지바람이 부식된 그이였을 것이다.

하룻밤만 더 기다리지

누군가 문을 두드렸다고 생각했지. 음악을 듣다가 모르는 새 잠이 들었는데, 잔잔한 호수에서 도망친 음악이 자갈 많은 여울을 지나는 중인 줄 알았지.

문을 열어주어야겠다고 생각했는데, 문을 두드리는 게 아니라, 눈꺼풀을 두드리고 있었지. 불꽃처럼 시리고, 얼음처럼 뜨거운 손가락으로 두드려서, 지상에 살지 않는 손님인 줄은 알았지.

문을 열어주지 않을 수 없게, 어쩌자고 눈꺼풀을 두드리는지…… 눈을 떠도 세상은 칠흑일 텐데.

두드리는 손길이 잠시 멈춘 틈에 눈꺼풀을 들었지. 손님은 간 곳 없고, 두드리던 '똑' '똑' 소리는 밤이슬 방울 속으로 숨어버렸는네, 누구를 맞으라는 건지.

그때, 달음박질 느린 어린 별 하나가 허겁지겁 여린 빛 꼬리를 감추는 걸 보고 말았던 거지. 먼저 숨은 발 빠른 별들이 어서 숨으라고 내젓는 안타까운 손짓을 보고 만 거지.

어쩌자고 더 기다리지 못하고, 걸음 느린 어린별의 심장을 콩닥거리게 했는지. 이렇게 맑은 밤에는 발걸음을 들키는 게 무너지듯 서러운 건데, 어쩌자고 별의 길을 훔쳐보고 만 건지. 하룻밤만 더 기다렸으면, 세상 제일 예쁜 신부가 되었을 텐데, 어쩌자고…….

날이 밝자 풀잎마다 울음 열매가 맺혀 있었지.

늙은 버드나무가 사는 강

오래 걸어 도착한 곳은 어느 강가였어. 산 그림자가 강을 건너고 있었고, 강가의 늙은 버드나무에서는 강을 건널 날개를 얻으려는 벌레들이 잎들에 새겨진 길을 먹어치우고 있었는데, 날개를 얻게 되면 가야할 길의 지도를 송두리째 몸에 새기는 중이었지.

겨드랑이를 살폈지만, 날개가 돋았어야 할 곳에는 잘라버린 흔적이 없었고, 무얼 먹으며 길을 온 것인지, 몸에는 길 하나 새겨져 있지 않았어. 지도도 없이 온 길이라면 맞는 길이기는 한 걸까?

바람도 강을 건너려 기다리고 있었어. 날 때부터 보이지 않는 날개를 지닌 바람이 무얼 기다리나 싶었는데, 늙은 버드나무를 어루만지는 모습을 보면서 깨달았지. 늙은 버드나무가 벗어놓은 시간을 기다리고 있다는 걸.

가지 위의 오래 비어 있었을 둥지의 주인이 누구였는지 궁금했지만, 한때 짱짱했던 벽이 무너질 듯 엉성해진 둥지를 여러 번 드나들면서도 바람은 입을 다물고 있었어.

그 사이에도 강을 건너려는 그림자들이 속속 도착해 순서를 기다리고 있었지. 그림자들이 기다림으로 길어져서, 조금만 더 길어지면 건너편에 닿을 듯했고, 그것도 한세상 건너는 길인지 늙은 버드나무에게 묻고 싶었어.

마침내 바람이 늙은 버드나무가 벗어놓은 시간을 한 꾸러미 챙겨 강을 건넜어. 어떻게 강가의 옥빛 자갈들을 하나도 울리지 않고 건너는지 정말 신기했지.

대장간의 눈동자

다리를 건너기 전 대장간이 여럿 있었다. 빠진 이야기들이 있겠지만, 마을의 사서史書 몇 장을 넘기면, 깊은 폭설이 내릴 때마다 대장간이 하나씩 사라졌음을 알게 될 것이다.

다른 대장간들이 사라진 후에도 폭설의 겨울이 수십 차례 지나갔지만, 다리 건너기 전 끄트머리에 있는 대장간의 풀무는 매일 산을 넘는 석양처럼 시간의 불을 발갛게 피워 올렸다.

대장장이는 수천 세대의 이야기들이 탄화炭化된 검은 돌멩이들을 연신 불속으로 던져 넣었다. 이야기가 아니고서는 시간의 불을 밝힐 수 없다.

대장간 안은 열기로 훈훈했지만, 몇 걸음 밖에는 겨울마다 폭설이 내렸다. 쌓인 눈은 깊었지만, 사람들이 길을 내고 대장간을 찾아와 눈 녹은 언저리에 옹기종기 모여 앉았다. 봄을 옮겨 심을 호미와, 여름의 무성함을 달랠 낫과, 가을을 묻어 폭설을 대비할 괭이를 도착한 순서대로 주문했다.

누군가 대장간이 오래 묵은 세계의 눈동자 같다고 하자, 다들 고개를 끄덕였다. 대장간에서 흘러나간 열기가 만든 가는 물줄기가 폭설 속으로 스며들어 멀리까지 흘러가는 것이 보였다.

밤 그림자의 첫발이 다리 건너에 도착했을 때, 마지막 손님이 막 나온 괭이를 살펴보고는 눈이 깊어져 서둘러야겠다며 대장간을 떠났다.

손님이 모두 떠났는데도, 대장장이는 검은 돌멩이 몇 개를 더 던져 넣었다. 늘 몇 걸음 늦게 따라나서는 그림자들을 위한 몫이었고, 멀어져 가는 그림자를 세계의 눈동자가 환하게 지켜보았다.

벽시계를 훔쳐본 일

창 안을 들여다보는 일에 용기가 필요한 건 아니지만, 주저했다. 뜻밖의 일이 안에서 일어나는 중일 수도 있다. 소파에 앉아 신문을 읽고 있는 곰을 발견하거나, 샤워 중인 홍학을 발견할 수도 있다. 어떻게 그런 일이 있을 수 있느냐고? 태양은 이천 년 동안 지구를 돈 뒤에야 겨우 멈춰 지구를 돌게 할 수 있었다.

실망스럽게도 곰은커녕 벌거벗은 주인의 엉덩이를 채찍으로 때리는 푸들도 보이지 않았다. 그때, 눈에 들어온 것이 벽시계였다. 흔한 벽시계 따위라고? 초침이 서너 칸 앞으로 갔다가 뒤로 한두 칸 되돌아가는 벽시계라면 결코 흔한 게 아니다.

상상해보라. 그대의 시간이 그 벽시계에 따라 움직이는 것을. 하지 말아야 할 일들과 해야 할 일들의 경계가 구분되지 않을 테고, 벌어진 일과 벌어질 일의 경계도 구분되지 않을 것이다.

사소한 일들도 충분히 그대를 난처하게 만들 것이다. 그녀에게 건네주려던 꽃다발은 그녀의 손이 꽃을 받아들기 직전에 되돌아갈 것이고, 그대의 감탄을 기다리던 눈빛들은 그대의 입에 음식을 넣으려다 다시 내려오는 손을 보게 될 것이다. 그대는 온갖 장소에서, 온갖 시간에서 음치처럼 세계의 음조를 망가뜨려 놓을 것이다. 그게 하찮은 일일까?

벽시계를 보고 망부석처럼 굳어졌는데, 창 안에 사는 사람의 생이 앞으로 갔다가 뒤로 물러서는 것이 보였다. 지나던 다른 이가 창 안의 그를 보았다면, 누구의 생이든 그림자극 같다고 중얼거렸으리라.

서랍 닦는 사내

매일 정성 들여 두 개의 서랍장을 닦는 걸 보았다면 누구라도 묻지 않을 수 없었으리라. 실제로 마을 사람 하나가 서랍에 무엇이 들어 있기에 그토록 정성 들여 닦느냐 물었다.

입이 무거운 그가 몇 번 머리를 긁적이고, 한동안 웃기만 하다 겨우 답하기를, 하나는 사용한 말들이 들어 있고, 다른 하나에는 사용할 말들이 들어 있다고 했다.

말이라니! 사용한 말을 보여줄 수 있느냐 물었다. 또 겨우 답하기를, 부끄러워 보여드리지 못한다고, 그래서 종일 서랍만 닦는다고, 사용할 말들도 부끄럽긴 매한가지여서 차마 보여드리지 못한다고 답했다.

기이하게 생각한 마을 사람이, 시간이 흐를수록 사용한 말을 담은 서랍장은 점점 가득 차 주체할 수 없게 되고, 사용할 말을 담은 서랍장은 점점 빈약해지느냐 물었다. 그가 또 겨우 답하기를 그게 가장 부끄럽다고, 본래 빈약했는지 더 차지도 않고 더 줄지도 않는다고.

구름을 한 다발 사려고 바람 장바구니를 들고 나선 길에 그의 집 앞을 지나게 되었는데, 여전히 서랍장을 닦고 있었다. 두 개의 서랍을 열어 씨앗들을 정성 들여 닦은 뒤 맞바꿔 넣고 있었다.

씨앗은 투명했고, 풍경을 품고 있었다. 그제야 그가 썼던 말을 담은 서랍장이 더 차지 않는 이유를, 앞으로 쓸 말을 담은 서랍장이 더 빈약해지지 않는 이유를 알았다.

바람이 환부를 지날 때

바람이 대지의 환부患部를 벅벅 긁고 가는 게 보였다.

가려움을 가라앉히기 위해 먼 곳에서 치료사들이 찾아왔지만, 가려움이 가라앉는 듯하자 환부가 동그랗게 솟아올랐다. 기억을 들추는 고고학자들이 환부를 파헤쳐 보았더라면, 부풀어 오른 환부마다 고치처럼 생이 하나씩 들어 있는 걸 발견했으리라.

꿀벌의 독이 주입되었을 때나, 모기에게 피를 빨렸을 때도 환부가 동그랗게 솟아올랐으나, 시간이 지나고 나면 환부는 다 같은 환부라는 믿음으로 경배되었다.

독과 흡혈만이 연유는 아니었다. 나나니벌 같았으면, 생의 어느 부분을 부장물로 묻어두려다가 동그랗게 솟게 했을 테고, 부장물에 방부제가 섞여 있어 환부는 내내 가려웠으리라.

동그랗게 솟아오른 환부 근처에서 이제 막 죽은 이와 이제 죽으려는 이, 아직 죽지 않은 이들이 모여 몇 차례 남지 않은 홍정의 패를 뒤집어 보고 있었다.

마지막 패를 팽개친 도박꾼들이 떠나고, 땅의 기억에서조

차 가라앉아, 환부인지 모르게 된 곳들은 바람이 아주 오래 긁어준 곳들이다.

매일 들에 나가 바람을 맞는 건, 시간의 부장물들이 미리 삭아버렸으면 해서다.

마음이라 부른

주름의 길이 더해져 가는 몸을 끌고 길을 나서려는데, 아픈 눈들이 그 길로는 가지 말라 말렸다. 아프지 않은 길이 따로 있을까 싶어, 아직은 산을 몇 개 더 옮겨놓을 수 있을 것 같다고 호쾌하게 웃으며 길을 나섰다.

가지 말라 말렸던 길에서 돌아와, 둥그런 달이 늦가을 햇살에 말린 호박고지처럼 여위고 여윌 때까지 먹구름처럼 앓고 있었는데, 눈썰미 좋은 이가 찾아와서는 구석구석 살펴도 아픈 곳이 없다고, 꾀병으로 먹구름 빛을 품은 것이 기이하다고 했다.

며칠 동안 비가 내려, 마음을 헐어낸 먹구름이 물러간 뒤에 다시 길을 나섰다가 휘파람새를 닮은 꽃을 보았는데, 꽃들 사이에서 휘파람 소리가 들렸다. 기이한 일이었다. 눈으로 휘파람을 들었다고 털어놓을 뻔했다.

여윈 달의 시절만 오래 이어져, 한때나마 보름달의 시절이 있었던가 싶어 사진첩을 뒤지다가 오래 묵은 풍경을 발견했는데, 그 풍경 속으로 들어가자 머리 아닌 곳에서 종소리가 '댕댕' 울렸다.

한동안 '댕댕' 병을 앓다가, 오랫동안 읽지 않은 책을 뒤적였고, 책갈피로 만들어둔 네잎클로버를 찾았는데 '마음'이라 적혀 있었다.

그걸 보고서야 여위고, 아프고, 휘파람 불던 것들이 멀리 떠났다가 돌아와 가만히 앉아 있는 줄을 알았다. 그걸 마음이라 부르는 줄 알았다.

낡은 것들에 대하여

낡은 문이 달린 낡은 집에서 낡아가는 중이었는데, 새로운 기억들은 문을 몇 번 두드리고는 미련 없이 훌쩍 가버렸다.

낡아갈 것들은, 이미 낡은 것들에 대하여 예의를 차리지 않았고, 늘 인내심이 부족하였으므로, 문을 두드리다 떠나간 자리는 나무들의 낡은 숨이 떨어져 내린 낙엽이 대신 지켰다.

낡음을 저주하며 떠나간 것들이 길을 잃지 않고 돌아오길 바라서 떠나지 않고 낡아간 건 아니었다. 시간의 걸음이 비슷했을 뿐이다. 마치 한 몸으로 호흡하는 것처럼.

낡은 벽지의 음영이 얼굴에 새겨졌고, 묵은 음식 냄새가 폐에 새겨졌다. 주름이 늘어난 마음은 낡은 문처럼 삐걱대며 열렸고, 힘을 주어도 아귀가 안 맞게 닫혔다.

바람이 낡은 집을 거쳐 지나갈 때, 바람에 묻어난 냄새를 맡은 이들은 잠시 스산해졌지만, 전설이나 괴담이 되기에는 아직 넘길 페이지가 많이 남았다고 고개를 저었다.

붉은 노을이 낡아져, 솔기가 풀리며 칠흑의 과거 속으로 흩어졌지만, 낡은 집에는 아직 불이 켜지지 않고 있었다.

두려움도 자라더군

뒷산에 머루 따먹으러 갔을 때 일이었는데, 머루를 따먹다가 흠칫 놀랐지. 고백하자면, 흠칫 정도가 아니고 뒤로 나자빠졌지. 두려움이 적었던 나이였는데도 그랬어. 초등학교 1학년이어서 두려움이 채 자라지 않아 올망졸망한 때였거든.

이제 겨우 순 돋은 두려움 본 적 있어? 그건 뭣도 아니지. 그냥 '화들짝'이야. 여린 마음살이라 잘 새겨지기는 한다더군.

그건 그렇다 치고, 소스라치게 놀랐으면서도 기이한 생각이 들었던 건, 화사花蛇가 왜 머루덩굴을 탔느냐는 거야. 지금쯤 겪었더라면, 신화 하나쯤 만들어내서, '나는 꽃을 품은 뱀신의 아들이다!'라고 떠벌이고 다녔을 거야. 잘만하면 몇 대륙에 걸쳐 교주로 떠받들어졌을 거야. 아, 그래! 당신 말대로, 일찍 못 박혔을지도 모르지. 그럴 가능성이 더 높겠군.

요즘도 가끔 꿈속에서 머루를 따먹지. 그러다 화사에 놀라 뒤로 나자빠지고. 두려움? 이젠 많이 자랐어. 나이가 몇인데……. 자란 정도가 아니라 이젠 늙어가는 중이지. 두려움이 언제부터 늙기 시작했는지는 모르겠어. 매일 일어나는 일은 눈치 채기 힘들어. 아, 그래? 와, 당신 정말 대단하군! 나는 삶이 두렵지 않은 날이 단 하루도 없었는데…….

3부
이슬의 비밀

이슬의 비밀

모두들 낯설어하는 언어를 그는 가졌다. 다른 별에서 얻었으리라고 수군댔으나, 낯선 출처를 가진 게 아니었다. 새벽이 그를 가르쳤을 뿐이다.

이슬을 거두는 이의 제자가 되어 아침마다 따라나섰다. 이슬 한 알을 거둘 때마다 세계의 각도가 달라지고, 풀의 몸을 밀면 세계를 조금씩 나누어 품고 있던 물방울들이 세계를 기울인다는 걸 배웠다.

사람들은 모르는 것을 낯선 것이라 말하리라고, 이슬의 언어를 배워도 사람들이 원치 않을 테니 이슬의 언어를 팔지는 못하리라고 스승은 말씀하셨다.

스승은 오래 전 이슬 속으로 떠났고, 제자는 하나도 두지 못해서 아침마다 홀로 이슬을 거두러 다녔다. 그가 거둔 이슬의 언어는 사는 이가 적어, 팔지 못한 이슬은 햇볕에 말렸다.

들마루에 앉아 이슬이 마르는 것을 지켜보고 있는 그를 볼 때마다, 이슬을 말리면 뭐가 남느냐고 동네 사람들이 비웃었지만, 그의 집안에 이슬을 말려 박제로 만든 세계가 가득한 은밀한 창고가 있다는 건 알지 못했다.

검은색은 무겁다

색이면 다 색이지 어떻게 무게가 다를 수 있어요. 억측 아닌가요?

하, 참…… 정말 믿지 못하시는군요.

그는 가방에서 저울을 꺼내 마술사가 관객들에게 속임수가 없다는 걸 확인시켜 줄 때처럼 저울 눈금에 조작이 없다는 걸 여러 번 확인시켜 주었다. 그런 후에야 흰색을 올려놓았고, 다음에는 검은색을 올려놓았는데, 검은색을 올려놓자마자 눈금이 흰색의 두 배쯤을 가리켰다. 입이 딱 벌어지고 말았다.

검은색은 밤의 무게이기 때문에 그래요. 달이 뜨거나 별이 많은 밤에는 무게가 조금 가벼워지지요. 그런 밤에는 세계가 조금 들뜨거든요. 잠시 뜀뛰기 하는 정도가 아니에요. 아침 이슬의 냉기가 식혀주기 전까지는 두둥실 들떠 있는 거예요. 달과 별이 모두 세계를 소란스럽게 했던 존재들이 너무 들떠서 한자리씩 차지한 거라는 건 아시죠? 모르세요? 공부 좀 하세요. 지도에 안 나오는 경계도 있거든요.

보라색은 어떤가요?

오호라, 무거움을 사랑하시는군요. 보라색은 귀족의 색이죠. 가시달팽이 푸르푸라Purpura는 푸른 느낌이지만 보라색이 되고 말았지요. 죽음이 잔뜩 섞여서겠지요. 그리고 아시죠? 그 무거움을 입은 달팽이 성애자들이 성기를 가볍게 휘

두르며 보라색을 입을 수 없는 서자들을 참 많이도 만들었단 걸요. 내심으로는 그게 좋은 거죠?

억측이 심하군요. 불쾌한데요.

억측이요? 세계는 억측의 맏아들이에요. 억측이야말로 황제들의 천성이자, 자질이고, 특권이죠. 억측을 별로 좋아하지 않으시나 보군요. 뭐, 어쩔 수 없지요. 제비꽃 미라에서 보라색을 얻을 수 있다고 믿는 멍청이들도 있으니까요.

어, 잘하면 치시겠네!

버섯 같은 사내

자고 나면 육지에서 한 뼘 더 멀어져 있는 무인도 같은 사내를 알고 있는데, 그의 고독은 고대 귀족의 긴 옷자락 같아서 그림자를 가리고도 남을 정도였다.

고독의 옷자락이 슬쩍 들린 찰나가 있었는데, 들린 틈으로 그의 고독을 스치듯 볼 수 있었다.

버섯이 자라고 있었는데, 기이하게도 나이테가 선명하여 오래 묵은 버섯임을 알았다. 버섯이 저만큼이나 묵으려면, 사막에 내리는 비처럼 찾아드는 생의 습기들마저 단호하게 튕겨낼 단단한 외피가 필요했으리라.

기화하지 않고 깊이 스며드는 생의 습기를 뿌리를 통해 빨아들이는 일에 대해서도 처절하게 인색해야만 저 같은 나이대를 지닐 수 있으리라.

오늘 밤처럼 마른 달이 뜨는 날이면 어디선가 몸피 버는 소리가 들린다. 오늘 밤에도 버섯의 나이테가, 고독의 동심원이 하나 더 늘어나고 있으리라.

발자국에 손을 대요

빗방울이 흙을 튀기는 모습을 바라보던 그이가 말했다.

그이가 떠난 뒤에 길 위에 찍힌 발자국에 가만히 손을 대 보았어요. 따뜻한 기운 같은 건 없었어요. 무게에 눌렸던 흙이 미세하게 반발하는 걸 느꼈을 뿐이에요. 반발 없는 생이 있을까요. 떠난 그이도 뭔가에 반발한 거겠죠.

그사이 길은 흥건히 젖어 있었고, 그이는 잠시 그 모습을 보며 숨을 고른 뒤에 다시 말을 이었다.

발자국에 손을 대보는 버릇이 생겼어요. 사람 발자국에도, 짐승 발자국에도, 자동차 발자국에도 손을 대보곤 해요. 전해져 오는 걸 설명할 수는 없어요. 아주 적은 언어만을 가지고 태어났나 봐요. 늘 설명할 수 없는 것들 사이에서 살았어요. 그래서 발자국에 손을 대보고는 해요.

두려워졌다. 헤어지고 나면, 내 발자국에도 손을 대볼 것이다. 불온한 자국들이 모두 들켜버릴 텐데, 그러지 마라 말하지 못했다. 그이를 먼저 떠나게 할 수도 없었다. 그이의 발자국에 손을 대볼 것 같았다.

지도 만드는 사람

문 두드리는 소리가 들렸다. 두드림이 멈추지 않았고, 귀가 '둥둥' 울렸으므로 문을 열어주지 않을 수 없었지만, 정작 문 앞에는 아무도 없었고 모래를 떨군 발자국만 집안으로 길게 이어졌다.

열린 문으로 왈칵 밀려들어온 햇살이 발자국마다 피어오른 먼지 기둥을 환등기처럼 보여주었는데, 짧은 순간 소돔의 소금기둥이 떠올라서 뒤가 몹시 켕겼다. 뒤를 돌아볼 수 없었다.

발자국 주인이 내 세계를 난장판으로 만들지 모른다는 생각에 서둘러 발자국을 따라갔지만 족적은 점점 흐릿해졌고, 먼지기둥도 점점 작아졌고, 끝내는 발자국도 먼지기둥도 사라져버렸다.

거인이 남긴 깊은 발자국마저 덮어버리는, 타락을 방어하며 우기를 기다리던 숲을 끝내 덮어버리는, 아주 길고 메마른 사막지대가 집안에 있다는 걸 그제야 깨달았다.

나는 폐허의 지도를 만드는 사람이었나 보다. 그렇지 않고서야 어떻게 발을 들인 자는 누구도 돌아오지 못하는 거대한 사막이 이 작은 집안에 자리하고 있겠는가.

또 문 두드리는 소리가 들렸다. 이번에도 문 앞에는 아무도 없었고 물기에 젖은 발자국만 길게 이어져 있었다. 문밖에서는 비가 내리고 있었는데, 빗줄기가 전에 보지 못한 굵기여서, 40일을 내릴 비의 시작인 것 같았고, 불현듯 저 발자국이 방주로 피신해온 첫 번째 짐승의 것일지 모른다는 의심이 들었다.

발자국을 따라갔지만 바닥의 색이 점점 물색을 닮아가는 듯했고, 습기 먹은 안개가 자꾸 피어올랐고, 모든 발자국을 지워버리는 아주 깊고 푸른 호수가 집안에 있다는 걸 그제야 깨달았다

나는 폐허의 지도를 만드는 사람이었나 보다. 그렇지 않고서야 어떻게 이 작은 집안에 한 발 내디딜 때마다 깊어지고 깊어져 생과 세계를 익사시키는 깊은 호수가 밤마다 찰랑이는 소리를 냈겠는가.

타투

타투 가게들이 늘어선 골목을 지난 적이 있다. 그중 허름한 가게에 들어가, 손바닥 반절 크기의 나비를 남들이 알아챌 수 없는 곳에 새기려면 돈이 얼마나 드나 물어보았다. 꼭 새기려던 건 아니었다.

어디든 상관없었다. 점점 은밀한 곳이 적어지는 시대였지만, 자폐증 덕분에 해수욕장은 고사하고 목욕탕에도 가지 않아 온몸이 은밀해졌으니까.

심장이 있는 왼편 가슴에 새기고 싶었다. 가슴을 보자 해서 보여주었더니, 그 문신은 어디시 한 거냐고 물었다. 무슨 문신이냐고 했더니, 작은 나무 문신이 가슴에 있지 않느냐며 오히려 이상하다는 듯 쳐다보았다. 더 있다가는 이상한 일이 벌어질 거 같아 그냥 나왔다.

집에 돌아와 거울을 보았지만 아무것도 없었는데, 참 이상한 일이었다. 그날 밤부터 왼편 가슴이 아파왔는데, 뭔가 뿌리를 내리는 거 같았다.

보이지 않는 것들도 마음에 나무의 뿌리를 내리고, 어떤 건 너무 단단히 뿌리를 내려, 뽑으려 했다간 온 생이 흔들린

다던데, 그런 나무였을까?

그 후 자주 거울 앞에서 가슴을 보곤 한다. 타투 가게에는 다시 가지 않는다. 그때 물어보기나 할 걸 그랬다. 가슴에 있는 나무가 어떤 나무냐고.

매듭 묶는 여자

그 가게 앞을 지날 때면 주술에 걸리고 말았다. 주술은 거미줄 같아서, 생에서 걷어내고 난 뒤에도 불쾌한 끈적임이 깊숙이 감겨들었고, 그 느낌이 계속해서 쌓이면 끝내 주술처럼 살게 되리라는 음산한 예감이 들었다.

'달빛 거미집'이란 이름의 가게에는 한 여자가 묵음默音의 시간 속에서 홀로 매듭을 묶고 있었는데, 끄덕여지는 게 없는 건 아니었다. 거미줄은 매듭이었으니.

여자는 온갖 모양의 매듭을 만들어 창가에 걸어놓았는데, 매듭은 좀체 줄지 않고, 늘어나기만 했다. '달빛 거미집' 앞을 지나는 저녁마다 새로 걸린 매듭으로 생을 묶어보고는 했는데, 여자의 생과 달라서인지 잘 묶이지 않았다.

'달빛 거미집'이 한동안 닫혀 있었고, 창가에 걸린 매듭들은 이미 한 번씩은 묶어본 매듭이어서 더는 목이 졸리지도 않았다.

닫혀 있던 가게가 다시 열렸고, 묵음의 여자가 다시 매듭을 묶고 있었다. 수그린 여자의 얼굴에는 풀기 어려운 매듭 여러 개가 더해져 있었다.

잠시 다시 열렸던 '달빛 거미집'이 다시 닫혔다. 그리고 다시는 열리지 않았다. 그제야, 새로 걸린 매듭으로 생을 묶는 흉내를 내면서도 왜 한 번도 '달빛 거미집' 속으로 들어서지 않았을까 후회가 밀려왔다.

매듭 묶는 여자가 한 번도 매듭 푸는 모습을 보여주지 않아서였을까.

어떤 점괘

그녀가 말했다. 발길이 어디로 향해야 하는지 알 수 없었어요. 발이 길을 잃었어요. 거짓말이었다. 그녀는 몸의 모든 부위에 변명을 마련해두었다. 발이 길을 잃다니! 무수한 발이 지나갔지만 길을 잃은 발은 없었다. 마음을 잃은 발길이 있었을 뿐.

그녀는 아주 천천히 커피를 마셨다. 그나마 남아 있던 마음이 바닥을 드러낸 것을 그 자리에서 보여주기 싫다는 듯이.

그녀는 카운터로 갔고, 뭔가를 주문했다. 막스 브루흐의 「Kol Nidrei, Op. 47」이 흘러나왔다. 왜 그녀는 말하기 싫은 대사를 늘 음악으로 대신하는 걸까, 무언극 전문 배우처럼. 운명의 점괘조차 극 속 역할에게 건네줄까?

그녀는 커피를 반이나 남기고 떠났다. 어느 나라 사람들이었을까. 바닥에 남은 커피 앙금을 보고 남은 생의 방향을 점친다고 했는데.

그녀는 남은 생을 읽힐 여지를 남기지 않았다. 잔 속 식은 커피는 자주 보여주었던 어둠 같았다. 바닥을 드러냈더라도, 그 어둠 속에서는 어떤 점괘도 흘러나오지 않았으리라.

그는 자신의 잔을 들여다보았다. 한 모금만 더 마시면 바닥이 보이고, 운명의 점괘가 드러날 것이다. 그는 운명의 지도까지를 마셔버렸고, 질끈 눈을 감고 자리를 떴다. 몸속에 새겨진, 이미 읽힌 점괘들만으로도 차고 넘친다고 생각했다.

무엇을 놓쳤을까

어디에서든, 어떤 것으로든 세계가 시작될 수 있다는 걸 알았어야 했다. 가령 앞뜰이 아니라 뒤뜰에, 장미가 아니라 수국을 심은 것으로 인해 다른 세계가 태어났으리란 걸.

늘 조심하며 살았다. 낙엽 하나 건드리지 않도록 조심스럽게 걸었고, 바람이 골목을 바쁘게 달려가면 길을 비켜나 담장에 바짝 붙었고, 바람이 달려가는 서슬에 이팝나무 꽃잎들이 배고픔을 하얗게 달래주는 모습을 감탄하며 바라보기도 했다.

무엇을 놓쳤을까. 장미꽃잎의 무게를 잘못 가늠했을까, 수국이 세계를 비집고 들어선 공간을 잘못 측량했을까, 그도 아니면 이팝나무 꽃잎의 수를 잘못 헤아렸을까. 집으로 돌아오면 호주머니에 담았던 사람들이 건넨 이야기를 문 앞에서 비워내곤 했는데, 깜빡 잊고 집안으로 끌어들였고, 호주머니 속 이야기들이 세계의 무게추가 기울어지도록 버섯을 잔뜩 피워 올렸을까.

세계의 문은 언제 저렇게 비틀렸을까. 삐걱대는 소음을 들키지도 않고 어떻게 그럴 수 있을까. 사람들은 어떻게 저 비틀린 문을 아무렇지도 않게 지나다닐까.

깊은 뿌리를 내리는 중

그는 길을 나서며 말했다. 세계를 물들이는 붉은 노을을 보러 가야 한다고. 지나간 그때가 아니고, 앞으로 올 그때가 아니고, 바로 지금이라고. 흘러가는 세계는 언제나 증인을 몇 명 남기지 않는 법이라고.

돌아와서 깊은 뿌리를 내리는 나무들만 골라 심었는데, 쉽게 자라지 않아서, 바람이 그가 만든 숲을 쉽게 빠져나갔다. 그는 나무들이 바람을 잡을 만큼 자라면, 세계가 노을로 붉어질 때마다 잎들을 흔들어 어둠을 달래게 되리라고 말했다.

지극한 것들은 멈춘 곳에서 자라는 것이라고, 떠다니는 것들은 밑 빠진 항아리에 채워 놓은 것들이 밤새 어디로 사라졌느냐고 아침마다 되풀이해 묻는 존재들이라고, 붉은 옷을 입었다 푸른 옷을 입었다 끝내는 벌거벗고 울어버리는 존재들이라고 말했다.

그는 나무에 귀를 댄 채 오래 잠을 자고는 했다. 세계의 공명共鳴을 듣는 중이라고, 가려운 겨드랑이에서 가지 몇 개 솟을 것 같고, 웅성거리는 발바닥에서 뿌리 몇 가닥 더 내릴 것 같아서, 한 계절 자는 것쯤은 이젠 아무것도 아니라고 말했는데, 미소에도 깊은 뿌리가 있다는 걸 알았다.

길을 막지 않는다면

지붕이나 파라솔이 길을 막지 않는다면, 빗방울은 몸을 관통했으리라. 밥을 먹을 때는 국그릇을 통과해 지나갔을 테고, 책을 읽을 때는 '눈물 대신 치욕이 흘러내렸다'는 문장을 적시며 지나갔으리라.

버스를 타고 갈 때는 빗방울이 앞에서 나타나 뒤로 사라지며 정류장을 놓치게 했을 테고, 처마 밑으로 피했을 때는 처마를 통과해 몸을 타고 흘러가며 소름의 길을 만들어, 부질없음에 대해 깨닫게 했으리라. 술잔을 들었을 때는 거리를 떠돌던 고독 하나쯤을 슬쩍 섞어놓고 지나갔으리라.

다행이라 해야 할까, 빗방울을 지붕과 벽들이 막아선 게. 빗방울이 두들기는 소리가 지붕과 벽에서 생겼지만 마음이 울리는 걸 막을 수 없는데, 다행이라 해야 할까.

소리도 없이 마음을 두들기는 것들은, 빗방울이 아니고 달빛과 별빛을 막아섰기 때문일까. 몸속에서 오랫동안 달그락거리는 소리의 정체가 달빛과 별빛이 몸을 온전히 통과하지 못해 쌓이고 쌓인 사리라면, 가부좌 한번 튼 적 없는데 달빛 사리, 별빛 사리를 품었다면, 아름다운 걸까, 치욕스런 걸까.

조각도를 들고

조각도를 처음 잡은 날이었는데, 면이 깨끗한 나무판에 아무거나 새겨보라는 말도 안 되는 가르침을 들었다. 그건 신에게나, 악마에게나 하는 소리 아닌가.

머뭇거리는 손을 보고 기웃거리는 공간이라도 새겨보라고 했다. 기웃거리는 공간이 어디 한두 곳인가? 밤하늘 환하게 뜬 달을 새겨보기로 했다. 둥근 원 하나면 되지 않을까 싶었으니까.

양각으로 할 거냐, 음각으로 할 거냐 물었다. 세상 모든 것이 주변을 어둡게 할 수도 밝게 할 수도 있다는 걸 깨달았으나, 어느 쪽을 택할지 정하기 어려웠다.

밤하늘 달은 양각으로만 여겼는데, 다른 건 하나도 다치지 않게 도드라져 밤길과 마음 길을 비춰주는 줄로만 알았는데, 양각으로 새기려면 다른 걸 모두 파내야 하고, 음각으로 새기려면 달의 자리를 파내야 한다니.

달빛 아래 쓸쓸히 걷던 이는 어쩌고, 그이가 다리에 서서 물끄러미 내려다보던 강물에 내려앉은 달은 또 어쩌고……. 조각도를 들고 세상을 새기는 일은 신이나, 악마에게 부탁했어야 했다.

기차는 도착했는데

출발지가 적혀 있지 않은 기차가 막 도착했다.

반가운 이가 환하게 웃으며 내릴 줄 알았는데 오래 전 팔린 수송아지가 급히 내려 음메음메 울면서 그렁그렁한 눈망울로 어미를 찾았다. 어미까지도 팔려나간 외양간에서 여섯 마리 새끼를 낳은 어미고양이가 급히 내려 며칠 넘기지 못하고 먼저 떠나버린 새끼 한 마리를 찾았다.

반가운 이가 내릴 줄 알았는데 슬픔들이, 기억들이 왈칵 쏟아져 내렸다.

쏟아져 내린 승객들이 하나같이 어디로 가야 잃은 것들을 만날 수 있느냐고 묻는데, 애련愛戀의 모국어를 익히지 못했음을 알았다. 답을 기다리는 슬픈 눈망울들이 기차역에 가득했는데, 답을 몰랐고, 모국어를 몰랐다.

송아지 눈망울 앞에서, 어미고양이 눈망울 앞에서 어쩔 줄 모르고 동동거리고 있는데, 기적 소리가 또 울렸다. 가련한 것들의 눈망울이 또 다가오고 있었다.

4부
좀머 씨의 비밀

좀머 씨의 기울기

나무 타기를 사랑했던 시절도 한참 지났는데, 나무 위에서 세상으로 우아하게 착륙하려다가는 몸 여기저기며, 심장이 썩은 가지처럼 부서져버리는 시절이 되었는데, 어제처럼 기울어진 자세로 좀머 씨* 지나간다.

좀머 씨 말고 누가 저런 기울기로 걸어갈 수 있을까. 누군가 물었다, 좀머 씨의 기울기가 얼마냐고. 그토록 오랫동안 좀머 씨가 앞을 지나갔는데 왜 한 번도 기울기를 궁금해 하지 않았을까.

미선나무 꽃향기가 아카시아 향기를 부르던 날 좀머 씨 지나가기에, 상수리나무 가지를 기울여 좀머 씨의 기울기를 쟀다. 23.5도! 꺼억꺼억 울고 싶었다. 왜 알아채지 못했을까. 좀머 씨의 기울기는 세계의 기울기였는데, 어쩌다가.

목련 입술들이 누런 석양이 되어 저무는 시간에 좀머 씨 지나간다. 23.5도 기울어져 지나간다. 오늘은 복받치는 울음 눌러두고 개나리 입술처럼 작은 걸음으로 허겁지겁 따라간다. 세계만큼 기울어진 걸음 놓치지 않으려고 허둥지둥 따라간다.

---

*파트리크 쥐스킨트의 소설 『좀머 씨 이야기』의 주인공.

갈매기 조나단

차들이 시속 70km 제한을 넘어 내달리는 전주 외곽도로를 추월당하며 달리다가 하마터면 차를 멈출 뻔했다. 지상으로부터 겨우 10미터 위의 허공을 가로지르는 새 한 마리 때문이었다. 줄줄이 미친 듯 달려드는 차들만 아니었다면 차를 멈추었어야 했다. 갈매기라니!

바다와 멀리 떨어진 전주의 오후 하늘을 홀로 천천히 유영하는 갈매기라니! 김제 쪽으로 1시간 넘게 달려야 바다가 있는데, 때 묻고 윤기 없는 깃털을 하고 김제가 아닌 산이 첩첩인 고산을 향해 느린 날갯짓으로 날아가는 갈매기라니.

새의 이름이 떠올랐다. 조나단!* 조나단이 아니라면 어느 갈매기가 바다를 등지고, 남의 살을 뜯어 먹어야 살아남는 세상을 등지고, 저렇게 처연히 산을 향해 날아가겠는가.

조나단, 조나단……. 미친 듯 내달리는 도로에 차를 세우고, 뼈를 비우고 살을 말린 자리에 깃털을 돋게 하고, 기류 속으로 두둥실 떠올라, 남의 살을 뜯어 먹는 세상 반대편으로, 조나단이 날아간 곳으로 가고 싶었다.

---

*리처드 바크가 1970년에 발표한 『갈매기의 꿈』의 주인공.

비비안 마이어*

풍경이 갖가지 화인火因으로 불타고 있었다지만, 왜 당신은 눈먼 화가처럼, 귀 먼 음악가처럼 모른 척 지나가지 않았을까. 풍경이 타올라 하늘로 퍼지고, 푸르고 가느다란 마지막 연기 줄기가 골목을 지나 사라질 때까지 끝내 지켜보는 걸 택했을까. 하얀 아이스크림을 먹고 있는 흑인 소녀의 달콤한 시절이 아이스크림과 함께 녹아 사라지도록, 백인 소년의 구두를 닦는 흑인 소년의 손에 묻은 구두약이 자라나 어둠이 되도록 풍경을 내버려두지 않고, 왜 당신은 그 자리를 지켰을까. 거울과 창을 넘어 들어온 풍경의 울음들을 잠시 멈추게 하고, 왜 당신은 공표되지 않은 기억의 번호를 붙였을까. 시간의 불로 재가 되어버린 풍경을 기억의 그림으로 옮겨놓은 건 누구의 길을 밝히려고 그랬을까.

얼마나 많은 풍경을 훔쳐야 인생 하나를 찍을 수 있을까. 그렇게 찍은 필름은 어느 영화관을 대여해야 겨우 상영할 수 있을까. 팝콘을 먹다가 꾸벅꾸벅 조는 관객은 어디서 구해야 할까.

숨긴 풍경은, 누구의 생이라고 이름 붙여야 할까.

---

*비비안 마이어(1926년~2009년). 미국의 사진가. 생전에 15만 장의 사진을 찍었으나 그녀가 죽은 이후에야 세상에 알려졌다.

아테슈카데 사원의 불씨

아테슈카데 사원* 안의 불씨는 1546년이 되었단다. 꺼지지 않고 이어져 온 긴 세월에 경외의 박수를 치려다가 1546년의 한 자락씩마다 누군가는 밤낮으로 사원의 불씨가 죽을까 노심초사했으리란 생각에 이르자 탄성을 지르려던 입과 번쩍 들어 올렸던 두 팔이 무색해졌다.

1546년의 한 토막을 담당했던 이는 밥을 먹는 중에도, 여자와 관계를 갖는 중에도, 첫 아이가 태어나려 한다거나, 아비가 운명하려 한다는 전언 속에서도 머릿속에 불씨가 어른어른 타고 있었을 것이다. 그 업을 건네주고 또 건네주고 하여 1546년이라니! 1546년의 한 자락을 베고 누운 어느 누구도 명대로는 살지 못했으리라.

목숨 걸고 지킬 신성한 불은 고사하고 곁불로 쓰기에도 옹색한 잔불이나마 제대로 지키고 있는지 의심스러운 시절, 정말 무색한 것은 목숨 걸고 불을 지키려는 사람들의 언저리에서 엉거주춤 곁불이나 쬐면서 고작 협심증에 걸린 꼴이라니.

*이란고원 근처 사막도시 야즈드에 있는 조로아스터교의 상징. 사원의 불씨는 2020년 현재 꺼지지 않은지 1546년이 되었다.

별이 빛나는 밤*

비도 오지 않는데 우산을 쓰고 밤길을 걷는 사내를 보고 놀란 사람들이 하늘을 보았다면 한 번 더 놀랐을 것이다. 별빛이 여름 소나기처럼 마구 쏟아졌으니까.

별빛 소나기가 잠시 가늘어진 사이, 고양이 한 마리가 담과 지붕을 훌쩍 뛰어넘어 다른 별로 옮겨가는 걸 본 사람들이 한둘이 아니었는데, '저것 봐, 고양이가 다른 별로 가네'라고 말한 이는 없었다. 고양이 발자국에 소원을 빌기 바빴으니까.

우산을 쓰고 어둠 속으로 사라졌던 사내가 절뚝거리며 돌아오는 걸 보고 놀란 사람이 한둘이 아니었는데, 어째서 그러느냐 묻는 이는 없었다. 한쪽 발끝에 별이 돋아난 게 한눈에 보였으니까.

다른 별로 건너간 고양이는 여행이 끝나면 돌아올까, 건너간 별에 그냥 눌러살까? 사내도 그 별에 가서 고양이와 살다가 시름이 한소끔 끓었다 가라앉았을 때, 우산 쓰고 사뿐사뿐 돌아오는 중에 발끝에 별 씨앗이 박힌 것일까?

*빈센트 반 고흐의 1889년 작품.

흡혈의 밤

'삐걱' 소리가 났다. 대체 누가 흡혈의 시간을 거부하고 거미줄 장식이 늘어가는 유폐의 관을 겁도 없이 열려는 걸까.

부탁이다. 흡혈 없이 보내고 있는 잠을 깨우지 말아다오. 곰들의 동면을 배우고 있는 흡혈 시대의 문을 다시 열진 말아다오.

충분했다. 누대累代의 밤을 활보하며 피를 빨았고, 모든 시대에 새로운 체위의 춤을 선물했다. 그렇게 므두셀라*만큼 살아왔으니 더는 흡혈의 밤을 보내고 싶지 않다.

지쳤다. 피에 굶주린 너희를 위해 얼마나 많은 밤의 스타일을 창조하고 가르쳐 주었던가. 가르침은 얼마나 무력했던가. 너희는 어떤 밤의 스타일로도 영생을 얻지 못하고 늘 창조자보다 먼저 죽어버렸다.

과거의 목덜미를 물었으나, 이미 피를 다 빨려 미세한 바람에도 나풀거리는 겹겹의 껍질이었고, 가짜 비명과 가짜 피가 겹겹이 수놓아져 있었다.

---

*캘리포니아 화이트 산에 있는 수령 4900년의 소나무.

미래의 목덜미를 물었으나, 익지 않은 핏방울들이 고작 환영의 이미지라는 것을 모르지 않았다. 돋아나는 송곳니를 갈아버리려던 것뿐이었다.

현재의 목덜미를 물어 피를 빠는 것이 유일한 생존이었으나, 살아있음의 역겨움을 더는 충전하지 않아도 되는 악귀 같은 것들이 거리를 파도치게 하는 걸 보았더라면!

과거도, 미래도, 현재도 더는 빨고 싶지 않다. 고즈넉한 밤조차 사라졌다. 소화되지 않은 시대가 아직 뱃속에 그득해서 흡혈의 밤은 필요 없다. 어차피 허기는 한 번도 채워지지 않았다.

이제 관 뚜껑을 다시 닫아다오. 아쉬운 대로 흡혈을 거부한 유폐의 관 속에 보름달을 그려두었고, 그려진 보름달이 초승달이 되었으니, 유폐 속에도 천계의 운행이 생긴 것이어서, 지낼만하니 이제 그만 닫아다오. 오늘 밤에는 달 없는 밤을 지킬 별을 그려야 하니.

제3의 사나이*

늦은 밤, 세상의 불은 다 꺼지고, 그러고도 잠을 이룰 수 없어 도둑고양이처럼 일어나 안광을 밝히고 홀로 「제3의 사나이」를 보고 있었다.

세상이 기억하지 않는 시간을 죽은 것이라고 한다면 죽은 시간 속에 있었을 것이다. 가끔 나무의자가 못이 잘못 박힌 관처럼 삐걱대며 불편한 시간 위에 걸터앉아 있음을 일깨웠다.

의식불명이라던 환자들이 실은 의식이 또렷했고 자신의 삶과 죽음에 내려지는 판정을 불가항력으로 지켜봐야 했다는 연구 결과가 발표되었을 때, '봐라 그럴 줄 알았다'고 생각했지만 끔찍함은 더 커졌다.

죽음은 언제나 한쪽이 다른 한쪽에게 정의하는 것, 그들의 신호를 세상이 알지 못했으므로, 불통은 죽음이다.

영화는 죽은 사람의 이야기가 내내 흐르고 있었다. 죽은 자, 해리 라임이 말했다. "……, 이탈리아는 30년간 보르

*캐럴 리드 감독이 1949년에 제작한 2차 세계대전 직후를 배경으로 한 영화. 3류 소설가 홀리는 죽은 것으로 판명된 친구 해리를 만나게 된다.

지아 가문**의 독재 하에 있었네. 전쟁, 테러, 학살을 겪었지만……, 르네상스를 낳았네. 스위스는 어떤가, …… 오백년간 민주주의와 평화를 지켰네. 그들이 뭘 만들었지? 뻐꾸기시계."***

그가 말한 것은 불온한 시대의, 누구도 정의롭지 못한 시대의 혁명에 대한 이야기였을 것이다.

우리가 해리 라임보다, 우리 시대가 그의 시대보다 덜 불온할까? 학살 끝에 온 르네상스를 살고 있는 것일까? 아무리 시대가 불온해도 더 이상 혁명은 일어나지 않을 것이다.

갑자기 두려워졌다. 결코 뻐꾸기시계를 사랑할 수 없다면, 르네상스를 낳지도 못하면서 여전히 진행되는 학살에 대하여 그 어떤 답도 내릴 수 없다면…….

**르네상스 시대를 이끈 교황 칼리스투스 3세(재위 1455년~1458년)와 최악의 교황으로 불렸으나 학문과 예술을 사랑했던 알렉산데르 6세(재위 1492년~1503년)를 배출한 가문. 알렉산데르 6세의 아들 체사르 보르자는 마키아벨리가 쓴 『군주론』의 모델이었다.

***영화 속 해리 라임의 대사

자가나트

비슈누 신은 스위스은행에 차명계좌가 여럿 있는데, '자가나트'라고만 불리면 미친 듯이 마차를 몰아대고 걸리적거리는 건 죄다 깔아뭉갠다. '로드 킬'의 달인이고, 폭주족들의 주신主神이다.

신이 다른 이름을 갖는 건 뒤가 구리다. 차명을 쓴 건 뭔가 빼돌리거나 꺼림칙한 일을 벌인 거다. 신은 좋겠다, 차명이 많아서. 자기가 한 일이 아니라고 발뺌할 수 있어서.

폭주하는 조명 아래서 여자가 물었다. "이름이 뭐예요?" 이름이 궁금해서가 아니라 차명의 후손이면 한몫 챙기려는 속셈이다. 이름이 하나뿐이고, 선대에서도 차명을 갖지 못했다 하니 여자는 두말 않고 엉덩이를 실룩거리며 폭주하는 조명 속으로 차명을 찾으러 사라졌다.

자가나트의 마차에 깔려죽으면 다음 생에 팔자를 고쳐 태어난다는데, 수천 번 머리를 바닥에 찧으며 간절히 기도하는 얼굴들에는 차명이 날린 공수표를 덥석 물었거나 차명을 가지려다 현생을 말아먹은 사연이 문신으로 새겨져 있다.

마차에 깔려 죽고 싶은 마음도 없고, 다음 생에 팔자 고치고 싶은 마음은 더더욱 없는데 밤만 되면 자가나트 신을 모시는 차명 홍위병들이 무리 지어 도로를 질주하며 경적을 울려댄다. "빠라바라 바라밤!"

폭주족들을 보낸 게 비슈누인지 자가나트인지는 알 수 없다. 폭주하는 조명에 눈이 부신 때는 본명과 차명을 가리기 어렵다.

고독계의 페렐만 씨

그는 몇 시간째 고치를 열고 나온 잠자리만 지켜보고 있었는데, 그런 경우의 고독을 해독하는 공식은 여전히 난제로 남아 있다.

고독계孤獨界의 '푸앵카레 추론'을 풀었다고 알려진 고독계의 페렐만 씨는 세상에 해법을 알려주지도 않고 고독 속으로 들어가 문을 닫아버렸고, 가장 손 빠른 화가도 그의 뒷모습을 그리지 못했다.

아직은 흐느적거리는 날개의 가는 핏줄마다 길이 새겨지기를 기다렸고, 날개에 지도가 완성되면 잠자리가 날아오르길 기다렸다.

고흐의 고독이 그려졌고, 렘브란트의, 뭉크의 고독이 그려졌지만, 잠자리를 몇 시간 동안 지켜보는 사내의 고독은 그려지지 않았다.

잠자리마다 날개에 다른 지도를 갖고 있다는 걸, 꼭 가야 할 길만 표시된 지도는 한 번도 그려진 적이 없다는 걸, 날개에 그려진 지도대로 날아간 경우가 한 번도 없다는 걸 그가 알았더라면 일이 달라졌을까?

자꾸 떠나기만 하고 돌아오지는 않는 자신을 기다리는 일이 고독이라는 걸 깨달았다면 기다림이 달라졌을까?

까마귀가 나는 밀밭*

—사람들은 그림을 그리지만, 어떤 이들은 스스로 그림이 된다.

당연히 지금도 그날 밤을 기억하지요. 악마의 심장처럼 견고한 포도鋪道 위로 비가 내렸어요. 숨죽인 가로등 불빛들이 빗물을 따라 흘러내리자 그이가 귀를 들고 비명을 지르며 거리를 가로질렀지요. 그때는 그이가 누군지 몰랐어요.

불빛이 닿지 않는 처마 밑 쓰레기통 곁에서 비를 피하던 고양이가 잠시 놀라 털을 세웠다가는 벽 속으로 파고들 듯 움츠렸는데, 어느 방인가 불이 켜지고 창이 열렸어요. "누가 세상을 이따위로 그렸어!"라는 소리가 터져 나오고는 창이 닫혔지요. 그 때문에 거리는 다시 어두워졌고요. 타히티로 갔다는 그이 친구였던 걸로 기억해요.

비명을 지르며 사라진 그이는 돌아오지 않았는데, 비는 그쳤어요. 곧 거리의 슬픔이 말라가리라고 생각했지요. 착각이었어요. 풍경이 말라갔던 거고, 그게 가장 무서운 일은 아니라는 걸 알아야 했어요. 이 거리에서 태어나지 않아서 몰랐던 거지요. 아, 그이도 이 거리에서 태어나지는 않았어요.

압생트를 너무 많이 마셨던 거 같아요. 그이는 바람 속 갈

*빈센트 반 고흐의 1890년 작품.

대처럼 술이 취해 돌아왔거든요. 술 냄새 말고, 해바라기 냄새와 밀밭 냄새도 났던 것 같아요. 까마귀 울음소리 같은 소리를 내기도 했어요. 사람이 그렇게 울 수도 있을까 싶었지요.

꿈을 꾸었어요. 해바라기가 끝없이 피어 있는 길을 보았어요. 너무 눈부셔 단 한 발짝도 뗄 수 없을 정도였어요. 그다음에는 밀밭이 나왔던 거 같고요. 까마귀도 한 떼 보았어요. 그이가 보여준 게 꿈에 나왔나 싶었지요.

아침에 몇몇 사람이 둘둘 만 거적 하나를 수레에 싣고 갔어요. 아이들은 무슨 일인지도 모르고 들떠 있었지요. 그이였는지는 몰랐어요. 제가 뭘 했겠어요. 그이를 잘 몰랐는데요.

그이도 저도 풍경을 지기에는 너무 젊었던 거 같아요. 풍경을 실은 지게 짐은 이제 사양하고 싶어요. 마음 등이 굽을 대로 굽어서 이젠 제대로 펴지도 못해요. 간혹 당신처럼 압생트 한 병 들고 와서 그이 얘기를 해달라는데, 그런다고 마음 등이 펴지진 않아요. 미리 알았더라면, 풍경의 증인이 되는 걸 피했을 거예요.

어느 밈* 공화국 주민의 일기—산티아고

베낀 십자가가 밤의 도시 곳곳에 번득였고, 사방에서 기도가 베껴졌고, 사방에서 구원도 베껴졌고, 베껴진 기도가 베껴진 구원의 허벅지를 더듬자 구원이 기도를 잉태했다.

산티아고 순례 길을 베끼고 온 이가 폭탄주 한 잔을 가볍게 목구멍에 털어 넣고 선언했다. "그 긴긴 길을 내 몸에 다 베꼈어. 이젠 남은 생에 베낀 것만 풀어놓아도 나의 삶은 찬양으로 가득 찰 거야. 무려 2,000만 원이나 들여 베꼈어!"

주눅이 들었다. '무려 2,000만 원'이나 들일 수 있었다니…… 순례 길은 동네 뒷산에서도 베낄 수 있지만 '무려 2,000만 원'은 베낄 수 없는 것.

당신처럼 살고 싶어요! 지금 나를 베끼겠다는 거야? 베끼는 것과 인용하는 것의 차이를 알지? 어느 하나는 분명 범죄적이라는 거야. 너의 생 자체가 범죄적일 수 있다는 거야. 건방지게 나처럼 이라니!

---

*밈(meme): 유전자처럼 개체의 기억에 저장되거나 다른 개체의 기억으로 복제될 수 있는 비유전적 문화요소나 문화의 전달단위. 영국의 행동생물학자 리처드 도킨스가 『이기적 유전자』에서 소개한 용어.

'무려 2,000만 원'이 없었기 때문에 아무 대꾸 못한 것이 자존심이 상해서 밤새 짐승처럼 울고 싶었지만, 울지 않았다. *짐승의 소리를 흉내 내는 자*[**]가 되어 소리만 베끼고 싶지는 않았다.

[**]잉게보르크 바하만, 「수다와 평판」 "짐승의 소리를 흉내 내는 자는, 짐승과 겨룰 수 없을 것이다." (『소금과 빵』, 청하, 1986, 146쪽.)

립 밴 윙클*—어제의 사내

지난 왕국의 주인을 칭송한 것이 화근이었다. 날카로운 눈빛들과 험악한 입들이 단두대를 세우려는 걸 보고 무릎을 꿇지 않았더라면, 묘비를 하나 더 갖게 되었을 것이다.

그렇게 말하면, 그렇게 늘어놓으면 안 된다고. 지난 왕국의 주인을 칭송하고, 지나간 문자들을 늘어놓는 것은 유행에 뒤떨어진 것이라고, 이미 폐기되었어야 할 낡은 의자의 스프링이 튀어나온 것이라고. 불편함이라고. 아주 불편해서, 이제라도 강제 폐기되어야 한다고 말들 했다.

부끄러워 빨리 녹슬고 싶었다.
부스스 무너져 내리고 싶었다.

20년 동안 녹슨 호미로 월세 집 뒤편 공터를 파서 유행에 뒤떨어진 꽃의 씨를 뿌렸고, 꽃이 피었다. 어제의 시간이 피었다.

어제의 사내가 오도카니 꽃을 보고 있는데, 지나치는 누구

*워싱턴 어빙이 1819년에 발표한 단편소설집 『스케치북』에 들어 있는 「립 밴 윙클Rip Van Winkle」의 주인공. 지독히 게을렀던 립 밴 윙클은 미국 독립전쟁(1775년)이 일어나기 전 영국 왕 조지3세 시절에 산으로 올라가 구주희(요즘의 볼링) 놀이를 하는 낯선 이들과 어울려 술을 마신 후 깨어난다. 마을로 돌아온 그는 20년의 시간이 흘렀고 그동안 미국이 독립한 것을 알게 된다.

도 보지 않았다. 유행에 뒤떨어진 무릎을 가슴으로 끌어안고 어제의 사내가 향기를 맡았다. 어제의 꽃에서 어제의 향기가 흘렀다.

어제의 문자는 뒤떨어졌네.
어제의 편안함은 뒤떨어졌네.
다시 잠들면 깨어나지 않겠네.

지난 왕국의 보잘것없는 백성이었던 사내가 꽃술에 혼잣말을 떨궜다.

모모*가 있는 풍경

왕들이 사라진 뒤에야 이야기는 시작되었다.

땅의 왕, 바다의 왕, 하늘의 왕, 욕정의 왕, 의상의 왕, 탐식의 왕, 주식의 왕…… 그 모든 왕들이 사라지고, 번쩍이던 그들의 왕궁이 모두 무너져 폐허가 된 후에야 비로소 시작되었다.

이야기의 첫음절은, 왕궁 벽들의 날선 각도가 무뎌지고, 단단한 벽들이 바람보다, 빗방울보다, 가려움을 긁던 염소의 검은 털보다 단단하지 않다는 것이 밝혀지고 난 다음에야 시작되었다.

벽에 이름과 약속이 새겨지고, 벽에 새겨진 글을 가리키며 불임不姙의 미래를 꿈꾼 철부지들의 흔적을 발견했다고 낄낄대던 비웃음도 사라지고, 거미줄이 호러영화 장치처럼 벽들에 빼곡하게 걸쳐지고, 벽의 틈이 짐짐 더 벌어져 이방의 공기가 수시로 드나들고, 마침내 부끄러움을 못 이겨 벽들이 스스로 무너지고 난 뒤에야 이야기는 시작되었다.

그때까지 '이야기'라고 불린 것들은 알곡이 영글고 나면

---

*미하일 엔데가 1970년에 발표한 『모모』의 주인공.

사라질 껍질들이었고, 비구름에서 태어나지 않은 마른번개였다.

잡초 무성한 폐허에서 이야기의 싹이 웅얼거리기 시작했다. 모모가 폐허에 널린 돌들 중 시간의 무늬가 촘촘한 걸 골라 땅에 심은 것들이 이제 막 폐허의 거죽을 열고 나와 여린 녹색 혀로 왕들이 사라진 하늘을 핥고 있었다.

| 해설 |

풍경의 발자국에 손을 대다

임소락(시인, 문학평론가)

웅덩이마다 문장이 하나씩 생겼다.
빗방울 떨어질 때마다 문장이 출렁거렸다.

「오목한 자리마다」 부분

1.

천세진 시인의 시집 『풍경도둑』을 읽는 내내 장맛비가 내렸다. 빗방울이 내내 시의 지붕을 두드렸다.

당신은 비를 보듯 시를 읽는다. 빗방울 하나가 당신을 두드린다. 똑-똑-, 두드리는 것은 빗방울이 아니다. 두드리는 빗방울도, 고이는 빗방울도, 넘치는 빗방울도, 모두 '오목한 당신'이다.

빗방울들은 어제와 오늘 그리고 내일의 그 모든 순간을 소환해 '오목한 자리마다' 출렁거린다. 똑-똑-, 그때마다 시인의 눈길로 환기되는 풍경들. 오래 바라본 눈길이 오목한 자리에서 차고 넘친다. 오목한 자리는 부끄럼 없이 내놓은 속살, 안과 밖이 박살이 난 후에야 열린 작은 틈, 세상의 속도에 내려앉아 처진 주름이다.

오목한 자리는 응시에서 태어난다. 오래 보지 않으면 장독 뚜

껑도 깨지지 않고 나무도 썩지 않으며 자전거 안장도 녹슬지 않는다. 오목하지 않으면 풍경은 단순한 사물의 배치와 흐름일 뿐이다. 오목하지 않으면 삶도 시詩도 앙금 하나 남기지 않는다. 울퉁불퉁한 길 위로 아스팔트가 깔리듯 일상은 주름 없이 편편해진다. 아스팔트 위로 자동차를 타고 달린다. 속도가 오를수록 풍경은 자잘하게 바스라지며 분쇄된다. 운전자의 몸은 젤리처럼 물렁물렁해져 차체와 합체한다. 가속할수록 쾌감의 눈금을 계기하는 금속체. 헤드라이트처럼 뿜어져 나오는 속도의 엑스터시. 멈춤 없는 뻐근한 쾌속의 시간이다.

그에 비해 풍경은 눈이 쫓을 수 있는 느린 시간이다. 시의 언어도 느리다. 시를 한달음에 읽지 마시라. 행이 바뀌면 쉬어 가자. 쉼표에서는 당연하다는 듯이 숨을 내쉬고, 연이 바뀌면 시집을 잠깐 덮어도 좋다. 시어들이 재바르게 행간을 뛰어다녀도 오목한 자리에 고일 때까지 기다리자. 마치 시인이 풍경을 읽듯 독자도 시를 그리 읽으면 어떨까. 그러나 시의 언어는 잘 읽히지 않는 낯선 문장들이다. 시의 어려움은 표현의 낯섦에 기인한다. 눈빛, 체취, 웃음, 울음, 루주, 향수, 시계, 목걸이…… 이런 비언어적인 몸짓과 액세서리가 우리의 말보다 우리를 더 잘 표현한다. 인간은 그 자체로 수다스러운 혓바닥인 셈이다.

그러나 인간의 언어는 아주 적고 단순하다. 무한을 유한으로 표현한다니, 풍경을 번역한다니. 쉬 납득할 수도 익숙해지지도 않는 언어다. 대상은 언제나 언어에 앞서 있다. 시는 언어의 격전지다. 그러니 오래, 그리고 느리게 봐야 하리라.

"빗방울 떨어질 때마다 문장이 출렁거렸다"에서 빗방울의 파동은 운동이고 변화며 현상이며 사물의 말이다. 시인은 빗방울에서부터 출렁거림으로, 다시 문장으로, 마침내 시로 질적 도약을 이룬다. 풍경에는 모서리가 있다. 빗방울에도 모서리가 있는 셈이다. 그 모서리의 어느 한 점에서 시가 발화한다. 돋보기에 모인 햇빛이 종이를 태우듯 마침내 풍경은 다 타버리고 마른 이슬 같은 시가 남는다. 이렇게 적은 언어로 풍경을 담은 시는 한동안 시인의 마음속에 묻혀 있다. 죽은 불씨처럼. 어느 날 부지깽이로 헤집고 후후 바람을 불어 재를 터는 그대. 독자여! 시를 깨우는 이여. 시는 당신의 오목한 자리에 담겨 반짝이는 불씨다. 꽃이며 별이며 달이다.

떠돌이 기질이 있는 새들의 주소지는 시詩나라 하늘광역시다. 하늘과 바다 사이에 새 길을 내다가, 날개를 쉬고 싶어진 새들은 모래언덕을 가진 시나라 산티아고 섬으로 순례 휴가를 간다.

순례자들은 기러기, 제비, 후투티, 도요새 할 것 없이 반드시 숙박계를 적어야 하는데, 한 마리, 한 마리가 기품 있는 스타여서 모래언덕 펜션주인은 사인으로 발 프린트를 받는다.

몸집이 크고 발이 느린 펜션주인 신천옹 씨는 새들의 숙박계를 확인하느라 잠도 못자고, 늘 벌건 눈으로 뒤뚱거리며 모래언덕을 도는데, 언덕 끝에 닿기도 전에 새 손님이 도착했다는 아내의 외침을 듣는 일이 매일이다.

새들의 숙박계를 적는 모래언덕은 작은 반달만 하고, 스타들의 발 프린트는 오래 보관하기 어려워, 사인이 너무 많이 쌓이면 신천옹 씨는 바람에게 지워달라고 부탁하는데, 바람이 말끔하게 지워주면 다시 사인을 받으러 다닌다.

날개 없는 두 발 짐승이 떼거리로 구경을 오는데, 스타들의 발 프린트에 슬며시 손바닥을 대보고는 발자국에 자기 손이 꼭 맞는다고 비명을 지르고는 한다.

새들은 스타인데도 아주 관대해서 두 발 짐승 떼거리의 호들갑을 보고도 모른 척해준다. 펜션주인 신천옹 씨 성품도 스타들을 닮아 역시 모른 척해준다.

「신천옹 씨의 숙박계」 전문

입꼬리가 올라가는 문장들이 곳곳에 보인다. 산책과 독서에서 얻었을 사유들이 화학적 반응을 일으키며 폭소를 자아낸다. 딱따구리, 박새, 사슴벌레, 신천옹, 자목련, 떡갈나무 등등 이들의 문장으로 제조된 폭탄. 프랑스의 어떤 시인은 이걸 다이너마이트라고 했지. 시는 폭탄이다. 좀 다른 폭탄이기는 하다만, 필자의 첫 느낌은 찰리 채플린의 영화와 노먼 록웰의 그림이었다. 「모던타임즈」의 채플린과 신천옹의 걸음걸이가 겹치고, 노먼 록웰의 그림으로 호들갑을 떠는 표정이 떠오른다. 그 사이사이 체셔 고양이처럼 나타났다 사라지는 시인. 그때 독자는 뒤통수를 맞고 꽈당하리라. 퍼렇게 멍든 얼굴로 배꼽을 잡으리라. 슬픈데 유쾌한, 기묘한데 애잔한 풍경의 관람자가 되리라. 빛과 그림자처럼 삶은 어느 하나로 해석되지 않는다. 개그가 시가 되고 시가 개그가 되면 어떤가. 필자는 혼자 웃다 정색을 하는데 이 글이 시인의 시에 슬며시 손바닥을 대보는 것이기 때문이다. 오독도 독이니 읽은 것으로 하자는 억지가 한발로 가벼이 넘어가는 물웅덩이였으면 좋겠다.

다시 쇠딱따구리가 오목한 자리를 만든다. 자목련을 통-통-통-통- 두들긴다. “몸에 살던 것들이 화들짝 놀라 사방으로”(「저 여린 것들이」 부분) 달아난다. 달아나다 기껏 붙잡은 게 여린 꽃이파리다. 시인은 떨어져 날리는 이파리가 시인의 탓인 양 “저런, 저런……, 아직 바람 끝이 찬데, 어쩌자고 저 여린 것들이.” 라고 애가 탄다. 살아간다는 건, 누군가(꼭 사람이 아니더라도)와 관계 맺기가 아닌가 싶다. 시인이 겁이 많은 까닭은 이 관계의 난해함에 있다. 삶의 이치를 아무리 많이 알아도 삶의 문제는 언제나 무겁다. 삶의 문제는 어떤 원리로 포섭되지 않는다. ‘저런, 저런……저 여린 것들이.’는 사유와 행동을 전제하는 공감이자 사랑이다. 핀 꽃은 언젠가는 떨어진다는 걸 알면 두려움과 안타까움이 일 것이다. 사랑이 별스러운 건가? 감당할 수 있을지 없을지 몰라 두렵지만, 그래도 한 발짝 다가서는 태도가 아닌가. 생의 이면을 알수록 비애는 깊어지는데 시인은 어쩌자고 그 비밀들을 보고파 했을까. 감당할 그 무엇을 대비하는 사랑이 없듯 풍경의 비밀도 그랬을까. 그러나 사랑에서 비롯된 앎은 삶의 질적 변화(잘 살기)로 이어진다. 과연 누가 사랑을 유보할 수 있을까? ‘시를 쓰는 까닭은?’, ‘시를 읽는 까닭은?’ 이런 질문들은 왜 사느냐?’와 같은 의미다. 우리는 움직인다. 사랑한다. 변한다. 무엇을 위해? 잘살기 위해서. 잘 살기 위한 우리의 욕망은 우리의 생존에 값한다. 밥과 시의 풍경이 다르지 않다.

2.

이름을 짓는 시인의 눈길은 조급하지 않다. 풍경을 오래 보면 자연스레 그에 맞는 이름도 생기지 않을까. 이름짓기란 대상의 구분이고 자칫 대상의 얼굴을 가릴 수 있고, 나아가 차별을 행사하는 규정이 되기도 한다. 이름 없이 소리와 이미지로 남은 풍경들은 시인이 그에 걸맞은 이름을 찾지 못했다기보다 이름 붙이기의 위험을 염려한 까닭이다.

이름 붙이기는 의미의 강제가 아닌 의미의 읽기, 즉 풍경의 이야기를 듣는 시간이다. 흔히 '대상이 말을 걸 때까지 기다린다'라고 할 때 그 기다림은 대상의 필요를 곡진하게 탐색하며 대상의 곁에 서 있는 멈춤이다. 그런데 왜 멈춰 기다리는 걸까? 멈춤도, 탐색도, 기다림도 사랑의 다른 이름일 것이다. 사랑이라는 이름으로 속박하고 속박당한 경험이 있다. 그런 줄도 모르고 널 위해서라고 당당히 덧붙이면서. 이 뻔뻔한 사랑은 이유와 이름에 대한 집착이지, 진정한 의미의 사랑과는 거리가 멀다.

"이름이 사라지고 풍경만 왔다 떠나는 정거장이 되었지만 하나도 심심하지 않다."(「풍경의 정거장」)처럼 시인은 이름보다 그 대상에 주목한다. 시인이 꿈꾸는 세상은 무명이 없는 유명으로만 채워진 세상이 아니라, 이름 없이도 홀대받지 않는 세상이다. 그리하여 시인의 몸은 풍경이 질리도록 머물다 가는 정거장이 되길 바라는 것이다.

새들의 문장을 통역해주는 학교는 세워지지 않아서, 번듯한 나무

꾼이 되려는 꿈을 이루지 못했다.

바람이 들려준 이방의 이야기를 인쇄하느라 구름이 모양을 바꾼다고들 하지만, 반만 맞는 소문이다. 구름은 새들의 문장도 짬짬이 수어手語로 통역한다. 구름의 통역이 없었다면, 닐스와 기러기들은 하와이로 날아가고 말았으리라.

학교를 다니지 못해, 고작 하는 일이라곤 나무를 바라보거나, 새들이 지저귀는 걸 지켜보는 것이다. 생이 끝나도록 그렇게 살아도 억울하지 않지만, 까막눈을 면하기는 어려울 것 같다.

이런 일도 있었다. 한때 비무장지대 초병이었던 적이 있는데, 발가락이 마비되는 혹독한 겨울이었고, 하늘의 구름이 땅으로 내려와 이불처럼 새들의 문장을 덮고는 했다. 나무들도 구름에 덮이고는 했는데, 통역 학교를 다녔더라면 차가운 구름 위에 몇 자 적었을 게 틀림없다.

새들의 문장을 배우지 못하고 까막눈으로 사는 게 나쁜 건 아니다. 덕분에 오래 지켜보면서도 말을 않는 법을 배웠다.

눈이 펑펑 내린다. 땅 위의 문자들이 모두 가려진다. 아이들이 달려 나가 짧게 명멸할 나라의 첫 문자를 새긴다. 저 문자는 해가 솟으면 사라지겠지만, 오래 기억에 남을 것 같다.

「까막눈의 문장」 전문

풍경 전체가 문장이 될 때, 침묵도 언어라는 걸 실감한다. 때로 사랑이 그러하듯이. 그때 우리는 침묵도 하나의 언어라는 걸, 아주 오래 남는 기억의 문장이라는 걸 배운다. 해석된 세계는 그 해석의 시액이 떨어지면서부터 단단히 굳으며 동시에 부식한다.

말과 글을 다루는 이들은 이름짓기의 역설에 자주 빠지곤 한다. 이름짓기의 역설은 하나의 대상에 하나의 의미를 부여하고 싶은 욕망, 세계를 하나의 원리로 설명하고 싶은 강박에 기인하지 않을까. 그래서 우리가 생각할 수 있는 대안은 말을 하지 않거나 쉴 새 없이 떠들어야 하는 지옥을 생각하는지도 모르겠다. 말하지 않아도 미루어 아는 세상은 불가능한 걸까. 그 세상은 시의 세계처럼 분명 느린 세상일 것이다.

침묵도 위의 시구처럼 나름의 쓰임, 즉 '까막눈의 문장'을 설득력 있게 전하는 새로운 이야기를 낳지 않는다면 그 침묵은 묵음에 지나지 않을 것이다. 그래서 우리는 수다스럽게 떠드는 쪽이다. 풍경에서 이름으로, 이름에서 의미로, 의미에서 의미망으로, 의미망에서 다시 풍경으로, 질리도록 수다스럽게 떠들어야 할 것이다. 말의 조리돌림으로 보이겠지만 이러한 수다스러운 말의 돌림과 나눔은 삶을 단순화하는 힘(자본, 종교, 체제, 인종, 민족, 국가……)에 맞서는 전략이다. 우린 매일 새로 이야기를 짓지 않으면 안 되는 언어의 주술에 빠져 있다.

3.

유년만큼 소진되지 않는 이야기 창고도 없다. 유년은 언제나 시적 상상의 공간이다. 우리는 경험하지 않은 걸 상상할 수 없다. 시적 공간은 상상의 공간이면서 실제적 공간이다. 유년은 "연기 솟는 곳은 모두 깊은 구멍이어서, 눈물로는 못 메울 텐데."(「어느 어스름」)처럼 상처와 그리움이라는 양가적인 감정에 의해 환기된다. 이 문장이 아프게 와닿는 건 필자의 기억과 공명하는 까닭이다. 굴뚝을 보면 어둑한 부엌에 쪼그린 엄마가 생각나고 아궁이에선 청솔이 타고 연기가 맵고…… 상상인지 실제인지 구분되지 않는 이야기가 무럭무럭 솟는 연기다. 고향을 그리워하지만, 그때마다 청솔을 태운 기억은 아리다. 그렇게 눈물을 흘려 추억해도 돌아갈 수 없는 유년.

우리는 자라며 유년의 세계와 시간적 분절을 경험한다. 공부와 취업을 위해 고향을 떠나 도시로 왔고 하룻밤 사이 어제의 고향이 악몽을 꾼 듯 뒤숭숭해졌다. 필자가 떠올리는 고향의 풍경과 시인의 풍경이 그리 다르지 않을 것 같다. 산업화는 기억을 재구성할 시간적 여유도 없는 미친 속도의 변화였다. 마치 윗세대가 전쟁을 경험했던 것처럼. 가까스로 굶주림을 벗어났으나 시인과 엇비슷한 연배들에게 고향은 가슴에 맺힌 멍울이다. 떠올리는 것이 저어되는 아픔이다.

아프니까 자꾸 밀어내는데 다른 한편으로는 또 그립다. 가령 어느 날 고향에 가면 다니던 학교가 폐교되거나 동네 주민 대다수가 바뀌어 '나'를 알아보는 이가 없다. 고향의 부재는 곧 '나'의 부재다. 상실감은 마음에 구멍을 뚫어 놓는다. 시인이 추억하는 풍경에는 두 개의 구멍이 있다. 끼니를 끓여내는 생활의 막막함과 오늘의 고향이 어제의 고향을 밀어내는 박탈감이다. 이처럼 '눈물'로 메울 수 없는 '구멍'은 고향에 대한 시인의 상실감과 그리움을 보여준다. 한 방향으로 흘러가는 세계의 흐름과 흐름의 무자비한 속도 속에서 시인이 느끼는 무력감은 "누군가 그리운 이를 잃었으리라고 생각했다."(「도토리 이명증」)처럼 시적 자아의 죽음으로 나타나기도 한다.

시인이 개인사적 희망이나 절망을 쉬 드러내지 않고 자연물의 이면이나 문명과 문화의 이면에 천착하는 까닭은 이미 위악이나 위선에 기대 향수병(가짜 절망과 가짜 희망)을 앓는 이들을 너무 많이 봤던 탓은 아니었을까. 혹 시인은 사람에 대한 희망을 일정 부분 포기하고 있었던 건 아닐까. 가끔 시인을 떠올리며 혼자 묻곤 했다. 시인의 절망은 말하여진 것과 눌러둔 것 중 무얼까? 필자가 생각하기에 시인은 후자에 가까워 보였다. 첫 시집 『순간의 젤리』와 달리 고향과 유년을 형상화한 『풍경도둑』의 시편이 기껍게 읽힌다. 환영할 만한 일이지 않은가. 말하여진 절망은 더는 절망이 아니니. 이제 「어느 어스름」에 유년의 세계는 저물고, 아이는 거웃이 나고 구실을 해야 하는 어른이 된다.

우리는 나이를 먹어서 어른이 되는 게 아니라 돌아갈 수 없다는 걸 직감할 때, 어른이 되는 게 아닐까. 비로소 그림자나 구멍을 의식할 때 말이다. 세계의 비밀을 알아버린 아이는 앞서간 이들처럼 언젠가는 고향을 떠나야 하는 예감 속에서 몸을 떤다. 그 두려움은 곧 메울 수 없는 그리움으로 전이된다. 무엇인가를 상실하는 두려움과 상실한 그 무언가를 그리워하는 것은 유사한 감정이 아닐까. 그리움의 대상들이 사라져가고 그들이 보내는 애련의 눈빛마저 영영 잊힐지도 모른다는 자각.

시인에게 두려움과 그리움은 그렇게 한 몸이다. 한 세계가 닫히면 다른 한 세계가 필연처럼 도래한다지만 세상이, 세계가, 왜 그토록 혹독해야 하는지는 알 도리가 없다. 어제의 아이들은 지금도 묻고 있다. '왜 그런 거야?' '세상은 원래 그래!' 되돌아오는 대답이 어찌 토씨 하나 틀리지 않고 다들 똑같은지. 아!…… "누가 세상을 이따위로 그렸어!"(「까마귀가 나는 밀밭」), 이런 악다구니라도 뱉어야 숨을 쉬겠다.

4.

우리가 풍경을 말할 때, 흔히 어떤 장소를 그리며 그곳의 정경을 떠올린다. 하지만 시인은 「소리의 몸」에서 "소리도 몸이란 걸 알았다."라고 소리의 이면을 들춘다. '소리도 풍경인 걸 알았다.'로 읽힌다. 시집을 읽으며 풍경~풍경~ 되뇐 게 입버릇이 되었나 보다. 소리도 몸이 있고 몸을 움직여 풍경을 그린다. 진눈깨비가 문풍지를 핥는 소리, 골골 봄물 풀어지는 소리, 가시나무에 탱자처럼 달려 와글거리는 어린 새들의 지저귐. 이처럼 소리는 여러 무늬가 겹친 복잡다단한 세계의 한 피륙이다.

냄새와 소리처럼 생체기관으로 지각되는 세계가 있는가 하면 현미경이나 망원경과 같은 장비로 알 수 있는 세계도 있다. 우리는 이 세계를 보다 효과적으로 간추리고, 생산적인 관점에서 대상의 득실을 계산한다. 티브이와 영화 그리고 인터넷은 계산기가 없으면 계산을 할 수 없는 것처럼 시각정보에 지나치게 몰입하게 만든다. 마치 단일한 세계의 일부에 접속된 단말기처럼. 자신의 얼굴에 사로잡힌 나르시스처럼.

그러나 직접적인 체험 없이 미디어를 통한 간접경험은 대상의 표면만 훑고 간다. 대상에 눈을 감거나 대상으로부터 거리를 유지할 수 있는 시각은 보이는 대로 보겠다는 관찰자의 의지를 반

영한다. 주체적으로 미디어를 선별하고 정보를 취합해 대상에 대해 아주 자세히 알고 이해하고 있는 듯한 착각에 빠지기도 한다.

이러한 온라인 접속에 따른 지각의 확장은 정작 대상의 몇 가지 차명과 산더미 같은 이미지(사유하지 않은) 정보를 떠안긴다. 지식의 탐식은 지적 공허를 낳는다. 이러한 사유하지 않는 앎은 대상을 소리가 나지 않는 묵음상태로 만든다. 이미지 위주의 정보 소비는 대상의 침묵이 곧 대상의 묵음, 즉 대상의 결함에 기인한다는 오판을 낳는다. 그에 비해 청각과 후각은 대상(타인) 친화적인 직접 체험을 유발한다. 물론 이어폰 리시버로 귀를 막거나 마스크로 코를 가리면 대상의 소리와 냄새를 차단할 수 있다. 그래도 이 기관들은 뚫려 있다. 보고 듣고 맡고 만지고 씹고 빠는 한 마리 개처럼 온몸으로 다가서야 하리라. 그러고서야 '풍경의 비밀'을 조금이나마 엿볼 수 있을 테니.

「소리의 몸」에는 메아리가 산다. 자연과학적 관점이 독특하다. 허공은 눈에 보이지 않는 기체로 채워져 있다. 허공은 그저 비어 있는 공간이 아니다. 종이컵 2개를 실로 연결해 보면 액체나 고체처럼 촘촘하게 결속된 매질이 소리를 더 멀리 보낼 수 있다는 걸 추측할 수 있다.

"여윈 소리가 몸에 닿았던 것은 몸의 일부를 바람에게 내주었기 때문이다. 허공이라 생각한 곳에 몸의 일부를 통행세로 받는 몸들이 살고 있기 때문이다."(「소리의 몸」)처럼 소리가 전파되는 과정을 보면 우리 삶이 어떤 모습이어야 하는지 생각해보게 된다. 소리의 전파는 몸을 조금씩 내어주고 되받는 협력과 공유의 방식이다. 이타와 이기의 어울림이다. 조금도 내어주지 않거나 전신을 던지는 희생은 공감도 소통도 아니다. 그건 무엇과도 이어지지 않는 불통이다. 죽음이다.

우리가 인류의 공통된 그 무엇을 추구한다면 소리의 전파에서 배워야 할 것이다. 이처럼 '눈물로는 못 메울' 구멍을 막으려는 시도는 유년의 닫힌 세계에 머무르지 않는다. 시인은 시간, 공간, 사람, 역사, 문학, 영화 등의 인문학적 접근에 자연과학적 탐색을 통해 열린 공간으로 나아간다.

그렇다면 과연 구멍은 막혔을까? 시는 상처를 드러내는 쪽이다. 시 쓰기는 상처의 기록이지만 아무는 과정이기도 하다. 그대 가슴의 고드름을 따와 품에 안고 녹여 「볕 안 드는 곳」으로 흘려보냈다는 시인의 고백은 어둠이 비로소 환해지는 「누군가를 세는 저녁」을 낳는다. 풍경을 응시하는 것은 어쩔 수 없이 상처를 보는 일이다. 상처를 응시하는 것이 고통이지만, 시인은 타인의 삶과 아픔에 눈뜨며 비로소 고랑 깊은 어둠에도 다정해졌으리라.

올 봄, 이랑을 여러 골 만들어 반으로 자른 감자 200개를 심었다. 가을이 오기 전에 천 개쯤 거두게 되리라.

떠난 것들이 모두 그렇게 돌아오는 건 아니어서, 감자 잎 무성한 밭둑에 서서 떠난 이들의 수를 세다가 그만 둔다.

고랑 속으로 세어지지 않는 어둠이 스며들었기 때문은 아니다.

누군가 이 저녁, 나를 세기도 하리라. 노을의 꼬리가 잠깐 환해졌다 왈칵 어두워지는 건, 떠난 내가 그이의 밭에 남겨둔 게 이제 하나도 남지 않은 때문이다.

이랑 속에서 감자알이 굵어질수록, 환해지는 것보다 어둠으로 깊어지는 일에 다정해질 것 같다.

「누군가를 세는 저녁」 전문

누군가 이 저녁 나를 세는 건 내게 잊힌 그이가 나를 추억한다는 것이다. 어쩌면 그 누군가도 나처럼 더는 나를 기억하지 못하는 것이다. 관계가 두텁고 공고해지는 것보다 소원해지는 마음에 가닿은 건 왜일까? 추억한다는 건 항상 좋은 것만은 아니지 않을까. 조금씩 옅어지면서 아주 잠깐 환해졌다가 스러지는 것도 괜찮지 않을까. 관계에서 싹튼 감정은 단독적이지 않다. 어느 날 그이와 내가 서로를 셀 때, 조금은 까무룩 세어질 때, 그때 조금은 다정해지지 않을까. 미움과 증오도 조금 너그러워지지 않을까.

누군가에게 잊히지 않는 존재가 된다는 것, 어떤 이유로 해서 잊히지 않는 존재가 된다는 것이 마냥 좋은 일인지는 생각해보게 된다. 그게 지고지순한 사랑에 연유하더라도 말이다. 만약 필자에게 영원히 각인된 사람이 있다면 혹은 반대로 필자가 사랑했던 이를 영원히 잊지 못한다면, 그것만큼 불행한 일도 없지 않을까. '영원한 사랑'의 갈구는 이미 사랑과 거리가 먼 집착은 아닌지 되묻지 않을 수 없다. 때로 미워하며 때로 사랑하며 그렇게 살아가다 잊혀도 좋겠다.

5.

잊히지 않는 사람처럼 잊히지 않는 시간이 있다. 그 시간은 경험하지 못해 확인되지 않은 시간이다. 호명되지 않아서 존재

하지 않은 익명의 사람처럼. 시간도 풍경이 없는 익명이 있다. 「어느 오후」의 '오후'라는 낱말에는 풍경이 없다. 시인은 그 시간에 풍경을 달아준다. 시간은 개별적이고 주관적이다. 절대적인 시간 속에 단 하나의 풍경이 있다고 생각하지만 뿔난 황소도, 술 취한 잠자리도, 늑대구름에 사색이 된 양털구름도, 마른 논바닥 같은 시인의 마음도, 각각 시점時點이 달라 그 풍경이 다르다. 이야기가 다르다. 그렇게 풍경이 재미난 것은 단편적이지 않다는 데 있다. 이야기가 전해질 때마다 누굴 주인공으로 삼았느냐에 따라 코미디가 되고 액션활극이 되고 멜로드라마가 되는 것이다. 익명이 이름을 얻으며 이야기가 되는 순간이다. 이렇게 우리는 같은 시공 속에서 각각의 풍경 속을 걷는다. 오목한 자리에 떨어지는 빗방울의 수효만큼이나 이야기는 개별적이다.

"대장장이는 수천 세대의 이야기들이 탄화炭化된 검은 돌멩이들을 연신 불속으로 던져 넣었다. 이야기가 아니고서는 시간의 불을 밝힐 수 없다."(「대장간의 눈동자」)라는 문장은 우리의 시간이 이야기로 채워져 지각된다는 의미겠다. 기록된 이야기(작가들의 상상 속에서 지금 막 움트는 이야기까지)의 원형은 '수천 세대의 탄화된 이야기들'의 조각이다. 기록되기 이전에도 이야기들은 인구에 회자되며 관습이나 전통 같은 생활의 스타일을 만들었다. 그 옛날 조상들은 모닥불 가에 둘러앉아 재담꾼의 이야기를 들었다.

매번 똑같은 사람이 똑같은 이야길 했으나 그 이야기는 조금씩 달라졌다. 사건의 순서가 바뀌거나 등장인물이 몇 명 더 늘어나거나 중년의 사내가 청년으로 바뀌었다. 이야기의 불꽃 속에서 달궈지고 두드려져 나오는 농구들의 생김처럼 달랐다. 두드린 호미의 모양이 저마다 다른 것처럼, 호미가 괭이로 바뀌는 것처럼, 씨뿌리기를 조금 일찍 시작하거나 늦어지는 것처럼, 앞뜰의 장미가 뒤뜰의 수국으로 바뀌는 이야기였다.

대장장이는 여벌로 한두 개 더 만들기도 했으며 무뎌진 농구를 녹여 "봄을 옮겨 심을 호미와, 여름의 무성함을 달랠 낫과, 가을을 묻어 폭설을 대비할 괭이"를 새로 만들었다. 대장간은 농부들의 이야기가 모이는 곳이자 이야기가 멀리 퍼져나가는 곳이었다. 같은 이야기라도 전하는 대장간에 따라 이야기가 조금씩 달라지곤 했다. 누구도 달라진 이야기에 대해 이의를 제기하지 않았다. 그 이야기들은 바로 그들의 생활이었던 까닭이다.

하늘 아래 완전히 새로운 이야기란 없다. 쌀과 밀처럼 말의 씨앗이 다른 경우에 이야기는 서로 닮은 게 전혀 없을 정도였다. 산천을 넘어가면 낯선 풍경을 볼 수 있듯이 말의 씨앗에 따라 이야기는 완연히 그 생장을 달리하는 작물 같았다. 하지만 지구촌이 한동네로 묶이면서 이야기의 종자인 언어의 종류가 대폭 줄어들었다. 몇 가지 작물만 대량으로 재배하는 오늘날의 농업처럼 인간의 대지는 몇몇 언어가 점령한 가운데 소수의 언중을 가진 언어들은 사멸의 길을 걷고 있다. 이러한 언어의 사멸과 획일화의 추세는 피할 길이 없어 보인다. 사라져가는 언어는 사라져가는 이야기라는 대전제는 바뀌지 않겠지만 '이야기꾼들'이 사멸해 가는 그 이야기의 열매를 자신의 씨앗으로 추수해 그들의 밭에 뿌린다면 어떨까. 앞서간 이들이 우리들의 기억 속에서 살아가듯 그 이야기들도 새로운 이야기로 변신해 살아남지 않을까. 인종이나 민족에 순혈이 없듯 한 사회의 풍경인 문화가 당대의 필요에 따라 타문화와 섞이는 것처럼, 이야기도 그렇게 끈질기게 살아남아 말의 씨앗을 닦는 작가를 기다리는 건 아닐까.

이야기꾼이 이야기를 만들었을까? 이야기가 이야기꾼을 만들었을까? 닦인 말의 씨앗이 매번 다른 이야기로 자라났던 건 세대와 세대가 이어지듯 이야기도 당대를 살아가려는 무의식적인 본능을 지녔던 건 아닐까. 그러나 유년의 시간처럼 한때 있었던 이야기들은 '있었다'로 기억되는 어스름의 풍경이다.

기억은 이미 사라져간 시간이며 '돌이킬 수 없는 이야기'이다. 가령 아이가 염소를 몰아 산비탈을 내려오던 저녁이, 오후 내내 동생들과 밤송이를 줍다 알밤처럼 여물던 저녁이, 들마루에 앉아 밥공기를 달그락거리며 모깃불을 피워 올렸던 저녁이, 한때 그런 풍경이 있었으나 기억으로만 남은 풍경이다.

시인은 저녁의 둥근 시간(반복된다고 믿어지는) 속에서 다시 그 풍경을 떠올린다. "석양이 와서 말하길, 수십 개의 산을 넘으며 수십 개의 사연을 들었는데 이제 눈이 아프고, 귀가 아프다고 // 나도 석양에게 답했다, 몸속에 수십 개의 저녁이 있었는데, 그 중 몇몇이 그대에게로 날아가 이야기를 털어놓았을 거라고."(「한때 저녁이 있었다」)처럼 오늘의 저녁이 그날의 저녁과 겹치고, 오늘의 시인과 유년의 시인이 만나 대화를 나눈다. 이야기한다. 그 이야기들은 아픈 기억이었을 테지만 분명 이야기로 전하고 싶은 추억이기도 하다. 우리의 기억이란 아픈 상처와 그리운 품을 가리지 않으니. 기억이 그저 서러운 까닭이다. 그러나 그런 서러움도 둥근 시간 속에선 조금은 둥그러지지 않을까.

6.

시는 음악이다. 이 시집은 독자의 귀를 여는 데 도움이 될 것이다. 어떤 시집 한 권을 자신의 독법으로 읽는다면 독자에게 새로운 세계가 열릴 것이다. 그것이 엄청난 오독일지라도. 모든 시가 그대에게 손짓할 것이다. 시를 읽는 것은 내면의 풍경을 읽는 것이다. 당신은 당신을 읽는다. 아직 시가 어려운 그대와 나, 아직 생이 어려운 그대와 나, 우리는 아직 생에 더 깊이 내려가지 않고 있다. 생을 연주하며 듣는 '오늘'. 오늘의 詩이여! 부디 더 내려가라.

풍경은 '오늘'의 풍경이다. 시간의 자취(역사, 기록, 기억)는 어떤 과거도 어떤 미래도 '오늘'로 수렴하는 기억이다. 과거를 떠올리거나 미래를 예감하는 것도 '오늘'의 현재성에 마찰한다. 모든 시간은 '오늘'이다. 풍경은 '오늘'의 상처다. 이 상처는 시공간 속에 놓인 사물과 사람이 상처 입어 맺힌 눈물이다. 오래 맺혀 있었으나 잊힌 이야기다. 이야기는 '오늘'의 삶, 사람(좀머씨, 비비안 마이어, 립밴 윙클, 모모, 나, 당신……)의 살이다. '인생은 거기서 거기다.' 모든 이야기를 무화시키는 마력을 지닌 단순한 문장들이 눈가리개를 한 말馬처럼 출구 없는 나날의 골목을 달린다. 이 말은 종말론적인 종교와 같다. 그러한 허망의 종교는 현재의 삶을 부정하고 삶을 하나의 양식으로 정의하려는 폭력이다. 인생은 하나의 색으로 덧칠할 수 없는 색색의 풍경이다. 모든 책과 음악이 그렇듯 예술의 전 영역은 삶을 부추긴다. 더 나아가라고. 삶의 질적 변화를 요청한다. 요청은 '오늘'의 급보急報다. 예술은 삶에서 '오늘'을 기억하는 장치다. 우리가 '오늘'을 기억하는 이유는 더 잘 살기 위함이다. 시인이 시를 쓰고, 독자가 지금 책을 읽는 것도 '오늘'을 더 잘 살아가기 위함이다. 시

읽기는 그 힘을 기르는 일이다. 시 읽기로 각자의 이야기를 쓰는 시간이다. 여기서 읽는 것과 쓰는 것의 차이, 작가와 독자의 경계가 사라진다. 시인의 문장과 독자의 문장이 만나고, 문장에 스몄던 풍경이 독자의 풍경들을 진동시킨다. 그때 시는 비로소 시인이라는 고치(갇힌 풍경)를 탈각한다. 독자는 풍경을 끝없이 여는 날갯짓을 본다. 오목한 마음에 담긴 풍경이 찰랑거린다. 그리고 이야기는 시작된다.

왕들이 사라진 뒤에야 이야기는 시작되었다.

땅의 왕, 바다의 왕, 하늘의 왕, 욕정의 왕, 의상의 왕, 탐식의 왕, 주식의 왕…… 그 모든 왕들이 사라지고, 번쩍이던 그들의 왕궁이 모두 무너져 폐허가 된 후에야 비로소 시작되었다.

이야기의 첫 음절은, 왕궁 벽들의 날선 각도가 무뎌지고, 단단한 벽들이 바람보다, 빗방울보다, 가려움을 긁던 염소의 검은 털보다 단단하지 않다는 것이 밝혀지고 난 다음에야 시작되었다.

벽에 이름과 약속이 새겨지고, 벽에 새겨진 글을 가리키며 불임不姙의 미래를 꿈꾼 철부지들의 흔적을 발견했다고 낄낄대던 비웃음도 사라지고, 거미줄이 호러영화 장치처럼 벽들에 빼곡하게 걸쳐지고, 벽의 틈이 점점 더 벌어져 이방의 공기가 수시로 드나들고, 마침내 부끄러움을 못 이겨 벽들이 스스로 무너지고 난 뒤에야 이야기는 시작되었다.

「모모가 있는 풍경」 부분

이 시집은 질문의 책이다. 이야기는 무엇일까? 시인은 시인만의 풍경을 시로 적는다. 그러므로 시는 자유, 사랑, 삶…… 그 모든, 혹은 아직 이름 없는 풍경 속으로 걸어가는 사람의 발자국이다. 천세진 시인의 시집 『풍경도둑』을 펼쳐들면 풍경 속으로 걸어가는 시인의 뒷모습이 보인다. 바야흐로 시인의 이야기가 시작되는 순간인 것이다.

시인 천세진
충북 보은에서 태어났다. 고려대 영문학과와 한국방송대 대학원 문예창작콘텐츠학과를 졸업했으며 시집 『순간의 젤리』와 문화비평서 『어제를 표절했다』를 펴냈다. 광주가톨릭평화방송에서 「천세진 시인의 인문학 산책」과 「시인과 사회」를, 광주MBC에서 「천세진의 별난 인문학」을 진행했고 일간지에 영화, 시, 인문학 칼럼을 발표하며 문화비평가로도 활동하고 있다.
freit@naver.com

모악시인선 020
풍경도둑

1판 1쇄 펴낸 날 2020년 9월 14일
1판 2쇄 펴낸 날 2021년 1월 18일

지은이 천세진
펴낸이 김완준

펴낸곳 모악

기획위원 김유석, 유강희, 문 신
출판등록 2016년 1월 21일 제2016-000004호
주소 전북 전주시 덕진구 기린대로 418 전북일보사 6층 (우)54931
전화 063-276-8601
팩스 063-276-8602
이메일 moakbooks@daum.net

ISBN 979-11-88071-26-5 03810

* 이 도서의 국립중앙도서관 출판예정도서목록(CIP)은 서지정보유통지원시스템 홈페이지(http://seoji.nl.go.kr)와 국가자료공동목록시스템(http://www.nl.go.kr/kolisnet)에서 이용하실 수 있습니다.(CIP제어번호: CIP2020036150)

값 10,000원